KB142420

내 꿈은 9급 공무원

내 꿈은 9급 공무원

(청소년 성장소설 십대들의 힐링캠프, 진로)

[십대들의 힐링캠프®] 시리즈 NO.10

지은이 | 박기복
발행인 | 김경아

2017년 2월 4일 1판 1쇄 발행
2017년 8월 15일 1판 2쇄 발행
2019년 1월 23일 1판 3쇄 발행
2020년 4월 15일 1판 4쇄 발행
2022년 5월 18일 1판 5쇄 발행(총 17,000부 발행)

이 책을 만든 사람들
책임 기획 | 김경아
북 디자인 | 김효정
교정 교열 | 좋은글
경영 지원 | 홍종남
표지 일러스트 | 발라

이 책을 함께 만든 사람들
종이 | 제이피씨 정동수 · 정충엽
제작 및 인쇄 | 천일문화사 유재상

펴낸곳 | 행복한나무
출판등록 | 2007년 3월 7일. 제 2007-5호
주소 | 경기도 남양주시 도농로 34, 301동 301호(다산동, 플루리움)
전화 | 02) 322-3856
팩스 | 02) 322-3857
홈페이지 | www.ihappytree.com
도서 문의(출판사 e-mail) | e21chope@daum.net
내용 문의(지은이 e-mail) | yesreading@gmail.com
※ 이 책을 읽다가 궁금한 점이 있을 때는 지은이 e-mail을 이용해 주세요.

ISBN 978-89-93460-82-7
"행복한나무" 도서번호 : 094

:: [십대들의 힐링캠프®] 시리즈는 "행복한나무" 출판사의 청소년 브랜드입니다.

청소년 성장소설 십대들의 힐링캠프, 진로

| **박기복** 지음 |

건물은 좋아졌지만 인격은 더 작아졌다.

소비는 많아졌지만 더 가난해지고

더 많은 물건은 사지만 기쁨은 줄어들었다.

학력은 높아졌지만 상식은 부족하고

지식은 많아졌지만 판단력은 모자란다.

더 편리해졌지만 시간은 더 없다.

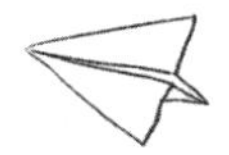

- 제프 딕슨, '우리 시대의 파라독스'

차례

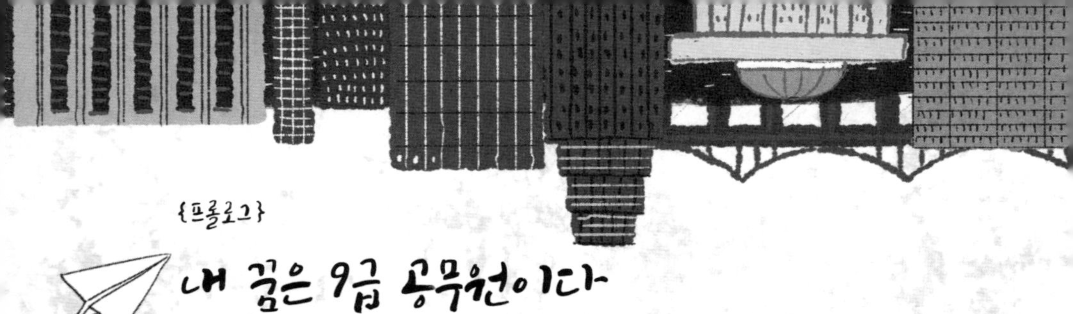

{프롤로그}

내 꿈은 9급 공무원이다

내 꿈은 9급 공무원이다. 학교 생활기록부에도 나는 당당하게 9급 공무원이라고 적었다.

"공무원이면 공무원이지 9급 공무원은 또 뭐냐?"

선생님이 9급을 지우고 공무원으로만 적으려고 했지만, 나는 9급을 꼭 써넣어야 한다고 우겼다. 나는 9급 공무원 시험을 봐서 공무원으로 살고 싶다. 내 꿈은 뚜렷하다. 그냥 공무원이 아니라 9급 공무원을 꿈꾼다.

나는 대학에 갈 생각이 없다. 그래서 학교에 다니면서 공무원 시험 준비를 한다. 다행히 학교에서 배우는 과목이 9급 공무원 시험 과목과 똑같다. 물론 문제 형식이나 내용이 조금 다르긴 하지만 그래도 과목이 같으니 공부하기 수월하다.

우리 누나도 공무원 시험 준비를 한다. 누나는 대학교 2학년이 끝날 때쯤부터 공무원 시험 준비에 뛰어들었다. 지금은 휴학 상태다. 공무원 시험에 몇 번 도전해 보고, 도저히 안 되겠다 싶으면 다시 대학으로 돌아갈 생각이란다. 내가 보기엔 참 현명한 선택이다. 누나도 9급 공무원 시험을 준비하기 때문에 나와 똑같이 공부한다. 같이 공부하니 누나에게 도움도 받고, 서로 힘이 되어주기도 하니 아주 좋다.

나는 고등학교에 올라갈 때까지 무엇을 해야 할지 막막했다. 내 사촌인 준혁이는 나와 동갑인데 초등학교 때부터 CEO가 되겠다면서 부지런히 준비를 했다. 사업을 할 때 쓸 종자돈까지 모으고 있다. 모아봤자 얼마나 모았겠냐고 깔보았는데 중학교 3학년 때 통장을 들여다보고 깜짝 놀랐다. 통장에 찍힌 동그라미가 7개였다. 준혁이 방에

는 경제, 경영 관련 책이 엄청 많다. 책을 뒤져보면 온통 메모와 밑줄이 가득하다. 아무도 나와 준혁이를 견주지 않았지만, 나는 늘 준혁이와 나를 견줄 수밖에 없었다. 뚜렷한 꿈을 향해 나아가는 준혁이와 무엇을 좋아하는지도 모르는 나, 그 차이는 엄청났고, 그 차이를 가늠할수록 괴롭고 힘들었다.

내 괴로움을 맨 처음 눈치 챈 이가 바로 누나였다. 중학교 3학년 겨울방학 때였다. 이러저러한 이야기를 꺼내며 내 속을 떠보던 누나가 대뜸 이렇게 말했다.

"너, 9급 공무원 시험 준비하면 어떻겠니?"

뜬금없었다. 이제 막 고등학교에 올라가는 나이에 9급 공무원 시험을 준비하라니…….

"누나가 9급 공무원 시험 준비하는 건 알지만, 그렇다고 내 나이에 9급 공무원 시험 준비라니, 말이 돼?"

"그러니까 하라는 거야."

"……?"

"너도 알다시피 내가 중학교 3년, 고등학교 3년을 죽어라 공부해서 서울에 있는 꽤 괜찮은 대학에 갔지만, 내 미래는 여전히 막막해. 미친 듯이 취업 준비를 해도 어떻게 될지 몰라. 취업에 성공한 선배들을

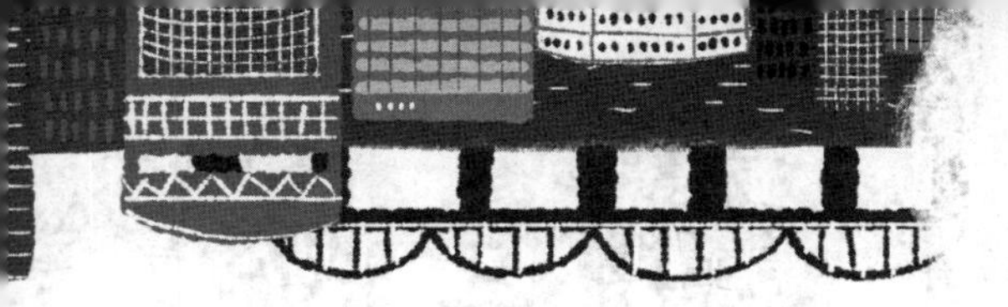

만나봤는데, 취업을 해도 불안하기는 마찬가지더라. 그래서 9급 공무원 시험 준비에 뛰어들었어. 아무리 봐도 공무원보다 좋은 직업이 없어. 7급 공무원 시험은 어렵지만, 9급은 할 만해."

"그렇다고 내 나이에……."

"일찍 준비해야지. 공무원 시험 준비하고 보니 이걸 왜 빨리 하지 않았는지 후회되더라. 조금이라도 빨리 준비해야 좋아. 고등학교 1학년 때부터 준비하면 남들보다 몇 년은 앞서는 셈이잖아. 공무원 시험에서 학력은 문제가 안 돼."

누나는 공무원이 일반 직장에 견줘 얼마나 좋은지 늘어놓았고, 빨리 준비할수록 낫다며 나를 설득했다. 처음에는 받아들이기 어려웠다. 그러다 학교 공부를 하면 할수록 누나 말이 맞다는 쪽으로 기울어졌다. 9급 공무원 시험 경쟁률이 세긴 하지만, 빨리 준비하면 그만큼 합격할 가능성이 올라가니까 이왕 하려면 빨리 준비하는 게 낫겠다는 생각이 들었다.

"수능 시험 과목이나 공무원 시험 과목이나 거의 같아. 쓸데없이 학교 공부에 매달리지 말고, 수능 시험 공부랑 공무원 시험 공부를 겸해서 해. 그럼 대학도 갈 수 있고, 공무원 시험도 준비할 수 있잖아."

결국 나는 누나가 한 충고를 받아들였고, 그때부터 공무원 시험 준비에 들어갔다. 학교에서도 수업은 거의 안 듣고 공무원 시험만 준비

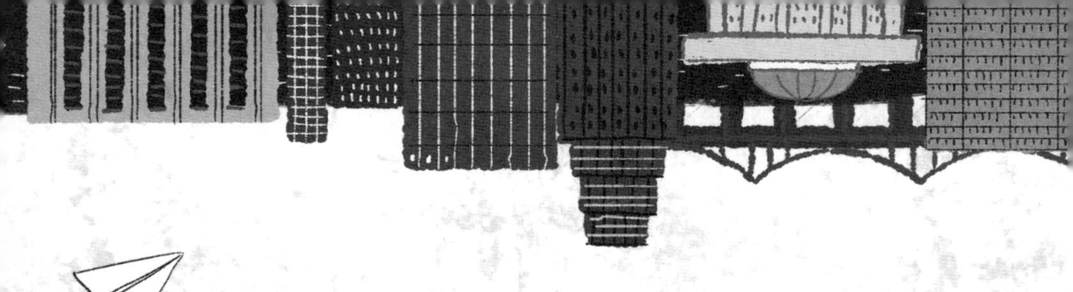

한다. 나는 내 꿈을 숨기지 않고 당당하게 얘기한다. 9급 공무원이 되고 말겠다는 내 뜻은 굳세다.

그러던 어느 날, 이모네 집에 갔을 때였다. 이모네 집엔 사촌인 준혁이가 있다. 준혁이에게는 여동생도 있는데 중학교 1학년이고, 공부를 잘한다고 소문이 자자하다. 오랜만에 준혁이와 만나 이런저런 이야기를 나누다, 아주 우연히 책상 위에 놓인 편지 묶음을 보았다.

"이게 뭐냐? 혹시 세빈이랑 주고받은 연애편지냐?"

내가 장난을 치며 열어보려는데 준혁이가 말리지 않았다.

"어~쭈, 말리지 않는다 이거지?"

장난치듯 열어본 편지는 준혁이가 여동생 예은이와 나눈 글이었다. 뜻밖에도 준혁이 여동생인 예은이도 나와 똑같이 9급 공무원이 꿈이었다. 겨우 중학교 1학년이 9급 공무원을 꿈으로 삼다니 어이없기도 했지만, 한편으론 남보다 앞서서 세상이 어떤지 알고 9급 공무원 시험을 준비한다고 여겨져 기특한 마음이 들기도 했다. 처음에는 사촌인 예은이가 나와 꿈이 같다는 점에서 흥미를 느끼며 편지를 읽었지만, 점점 내 얼굴이 굳어졌다. 준혁이가 예은이에게 보낸 편지였지만, 읽을수록 마치 나에게 보낸 편지처럼 느껴졌다. 준혁이가 펼쳐놓은 글들이 날카롭게 나를 찔렀다.

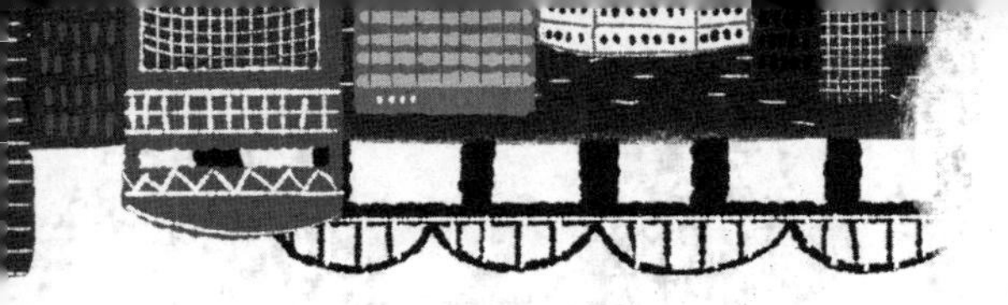

준혁이 편지에는 우리 누나도 나왔다(편지에 준혁이가 사촌 누나라고 부르는 이가 바로 우리 누나다). 누나는 사회가 만만하지 않다고 늘 말했다. 꿈이란 말 그대로 꿈일 뿐이며 우리는 현실을 살아야 한다고 강조했다. 누나는 살아남기가 먼저라고 했다. 준혁이가 여동생에게 쓴 편지를 읽지 않았다면 나도 누나처럼 살겠다고 말했겠지만, 편지를 읽은 뒤부터 고민에 빠지고 말았다. 어떻게 해야 할까? 나는 내가 가려고 했던 길을 그대로 가야할까? 아니면 준혁이가 말한 길로 바꿔야 할까? 그 무엇도 뚜렷하지 않은 두 갈래 길을 앞에 두고, 나는 어느 쪽으로도 발을 내딛지 못한 채 힘겨운 고민에 빠졌다. 편지를 읽은 뒤 내 머리는 뒤죽박죽 헝클어진 실몽당이가 되고 말았다.

아무리 편지를 거듭 읽고 고민을 해 봐도 혼자서는 어느 쪽으로 갈지 도저히 결론을 내리지 못하겠다. 그래서 여기에 9급 공무원이 되겠다는 예은이에게 (또한 나에게) 준혁이가 보낸 편지를 소개한다. 여러분들도 같이 읽고 내가 어떻게 하면 좋겠는지 도움말을 해주길 바란다.

01

나는 아빠처럼 살지 않을 거야

예쁘고 착한,

그렇지만 가끔은 나에게 심통도 부리는,

그러면서도 귀여운 (넌 진짜 귀여워.)

내 동생 예은이에게.

오빠가 보낸 편지라니 깜짝 놀랐지? 이제까지 내가 너에게 보낸 글이라고 해 봐야 짧게 보내는 문자가 다였는데, 이렇게 길게 편지를 쓰니 나도 어색하긴 하다. ^^; 머쓱! 고등학교에 올라간 뒤로 얼굴 보기도 힘든 오빠가 너에게 편지를 쓰는 까닭은 바로 네 진로 때문이야.

중학교 1학년 2학기가 되어서 자유학기제를 하느라 여기저기 돌아다니며 직업체험도 하고, 강연도 듣고, 책도 많이 읽고, 고민도 많이 하는 널 보면 마치 보물찾기 하는 어린아이 같다는 생각이 들었어.

어린 줄만 알았던 네가 여기저기 다니며 꿈을 찾는 모습이 참 기특했어. 네 안에 감춰진 보물을 끄집어내려고 온갖 곳을 헤집고 다니는 모습이 참 보기 좋았고.

그러던 어느 날, 네가 뜬금없이 이렇게 말했지.

"오빠! 내 꿈을 정했어. 나는 9급 공무원이 될 거야."

"뭐? 9급 공무원?"

"응, 9급 공무원!"

"왜?"

"오늘 스마트폰으로 기사를 하나 봤는데, 어떤 언니가 고등학교를 그만두고 9급 공무원 시험을 봐서 합격했다는 이야기였어. 그 언니가 어디 다녔는지 알아? 자그마치 특목고에 다녔대. 특목고! 특목고를 다니다 이건 아니다 하고는 공무원 시험을 준비해서 합격을 한 거야. 그 언니가 활짝 웃는 얼굴을 보고는 이거다 싶었지."

나는 어이없어 하는데 너는 9급 공무원이 얼마나 좋은지 한참 떠들었어. 아주 들뜬 얼굴로, 진짜 꿈을 찾은 듯이. 처음엔 그냥 또 한 번 지나쳐 가는 꿈이려니 하고 웃고 말았어. 너는 옛날부터 꿈이 자주 바뀌었으니까. 몇 주일이 지나도 9급 공무원이 되겠다는 네 뜻이 바뀌지 않았고, 더구나 진지하게 공무원 시험 관련 책을 사서 보는 널 본 뒤에야, 9급 공무원이 되겠다는 네 뜻이 바람처럼 스쳐지나가지 않고 꽤나 굳건하게 자리 잡았음을 알아차렸지.

예은아!

네가 그냥 말에서 그치지 않고 진짜로 9급 공무원 시험을 준비하는 모습을 보며 내가 얼마나 놀랐는지 아니? 너처럼 공부도 잘하고, 재주도 많고, 호기심도 넘치는 애가 9급 공무원을 목표로 하다니 사실은 당혹스러웠어. 오해하지 마! 내가 걱정하는 까닭은 9급 공무원이 별 볼일 없는 직업이라고 여겨서가 아니니까.

나는 9급 공무원이 아주 멋진 직업이라고 생각해. 월급 밀릴 일 없고, 평생 잘릴 일 없으며, 늙으면 연금이 꼬박꼬박 나오기 때문에 멋진 직업이라 생각하지는 않아. 9급 공무원은 가장 낮은 자리에서 국민들을 모시고, 떠받드는 사람이야. 높은 공무원들은 정책을 만들지만, 9급 공무원은 그 정책을 현실이 되게 움직이지. 몸으로 뛰면서 국민들에게 봉사하는 사람이기에 9급 공무원은 참으로 멋진 직업이라고 생각해. 물론 너는 이런 생각을 해 본적이 없겠지만.

9급 공무원이 되겠다고 준비하는 널 걱정하는 까닭은 네가 9급 공무원이 되겠다고 마음먹게 만든 동기가 건강하지 못할 뿐만 아니라, 아주 위험하기 때문이야. 9급 공무원이 되겠다는데 '위험'까지 들먹이다니 조금 심하다 싶겠지만, 내 말이 맞아. 내가 너에게 편지를 쓰는 까닭은 바로 그 '위험'이 무엇인지 들려주고 싶기 때문이야. 물론 왜 건강하지 않은지도 알려주고 싶고.

예은아!

오빠가 굳이 말로 하지 않고 편지를 쓰는 까닭은 네가 이 편지를 여러 번 읽으면서 곱씹어 보길 바라기 때문이기도 하지만, 내 자신을 위한 것이기도 해. 나도 내 생각을 차분하게 정리하면 좋겠다는 생각이 들었거든. 아무래도 말보다 글로 써야 생각이 차분하게 잘 정리되니까 말이야. 오빠가 보낸 편지를 읽고, 네 생각을 잘 정리해보길 바랄게. 내 편지를 받고 답장을 해주면 더욱 좋고.

오빠는 9급 공무원이 되겠다는 네 생각을 억지로 바꾸고 싶지는 않지만, 네 생각에서 모자란 점은 채워주고 싶어. 그렇다고 너한테 꼰대처럼 잔소리를 늘어놓지는 않을 거야. 그 점은 걱정 마. 오빠는 사람이 어떻게 살아야 하며, 무엇을 위해 살아야 하는지, 진로를 고민할 때 어떤 것들을 고려해야 하는지 등을 들려주고 싶을 뿐이야. 이제부터 오빠가 꿈을 키워오면서 겪었던 일, 그러면서 했던 고민을 너에게 들려줄게. 오빠 경험과 고민을 따라가다 보면 자연스럽게 오빠가 무슨 말을 하는지 네가 깨달으리라고 믿어.

* * *

내 꿈을 이야기하려면 아빠를 빼놓을 수 없어. 아니 바로 아빠 때문에 내 꿈이 생겼다고 봐야 해. 너도 알다시피 아빠는 공부를 참 잘했대. 고등학교까지 1등을 놓쳐본 적이 없다니까. 아무래도 아빠를 닮아서 너도 똑똑하고 공부를 잘하나 봐.(^.^) 아빠는 소위 말하는 명

문 대학에 들어가셨어. 요즘 학생들이 하늘처럼 떠받드는 대학이지. 그곳에만 가면 삶이 늘 밝은 기운으로 넘쳐나리라고 믿는 대학! 들어가기만 하면 대한민국 사람들이 모두 부러워하는 바로 그 대학! 아빠는 대한민국 학부모들이 자녀에게 바라는 꿈을 그대로 이루었어. 당연히 할머니와 할아버지도 아빠를 엄청 자랑스러워하셨고. 대학을 졸업한 뒤에는 대한민국 사람이면 다 아는 회사에 들어갔고, 아직까지 그곳에 다니셔. 그 회사에서도 인정받고 계시고. 아빠가 그 회사 다닌다고 하면 애들도 나를 다른 눈으로 봐. 어릴 땐 멋모르고 으스대던 기억이 나네.

그런데 말이야! 어느 날부터 나는 아빠를 자랑스러워하지 않게 되었어. 대한민국 학생이면 누구나 꿈꾸는 대학을 나오고, 대한민국 사람이라면 누구나 부러워하는 회사에 다니지만, 나는 아빠가 자랑스럽지 않았어. 요즘도 우리 아빠 이야기가 나오면 부러워하는 사람들이 있는데, 그럴 때마다 나는 '속 모르는 소리 마라'고 쏘아붙이고 싶은 마음이 불끈불끈 일어. 아빠는 부러운 삶을 살지 않아. 부럽기는커녕 끔찍하기만 해. 무얼 모르는 사람들만 아빠 삶을 부러워하지. 아빠는 겉치레만 그럴듯한 삶을 살아.

옛날에는 가족을 '식구'라고 했대. 식구食口, 한 집에 살면서 끼니를 함께 하는 사람을 가리키는 말이야. 나는 가족이라는 말보다 식구란 말이 더 좋아. 가족이란 말에는 그냥 한 집 아래 사는 사람이란 뜻밖에 없지만, 식구란 말에는 삶이 담겼거든. 같이 밥 먹으며 배를 채우고, 눈을 마주보고, 이야기를 나누는 사람처럼 가까운 사이가 어디 있겠니? 어쩌면 핏줄보다 같이 밥을 먹는 사람이 더 가까운 사이일지도 몰라. 이웃사촌이라는 말이 그런 의미가 아닐까?

아빠와 엄마, 그리고 너와 나는 가족이야. 그렇지만 아빠와 나는 한 식구인 적이 없었던 듯해. 어쩌다 같이 식사를 한 적은 있지만, 그야말로 어쩌다 한 번씩이었지. 우리가 아침에 일어나면 아빠는 없어. 아침 일찍 회사에 나가니까. 우리가 일어나기도 전에 아빠는 회사에 출근하셨고, 우리가 잠이 든 한참 후에 아빠는 퇴근을 하셨지. 그러니 너와 나는 아빠 얼굴을 볼 날이 거의 없었어. 기억나니? 가끔 아빠 얼굴 보겠다고 자지 않고 버텼지만, 결국 엄마 성화에 잠자리에 들었거나, 내려오는 눈꺼풀을 어찌할 수 없어 그냥 곯아 떨어졌던 날도 많았잖아. 얼굴 보기도 힘든데 끼니를 같이 할 틈이 어디 있겠니? 그나마 주말에는 같이 밥도 먹고 시간도 보낼 수 있었지만, 너도 알다시피 아빠는 주말이면 늘 주무셔. 왜 주무시는지는 나도 알아. 주중에는 늘 아침 일찍 나가서 밤늦게까지 일 하시니 주말에는 지칠 수밖에.

너와 내가 아빠에게 놀아달라고 하면 엄마가 뜯어 말렸지. 때로는 심하게 야단도 치고. 깨어 있을 때에도 아빠는 소파에 누워서 멍하니 TV만 보셔. 처음엔 그런 아빠가 미웠는데 나중에는 받아들이게 되더라. 아빠도 그러고 싶지 않겠지만, 주중에 힘들게 일하시니 저럴 수밖에 없겠다는 생각이 들었지. 나는 아빠와 놀고 싶었어. 아빠와 수다를 떨고, 자전거도 타고, 야구장도 가고, 배드민턴도 치고, 놀이동산도

가고, 여행도 가고 싶었지만, 아빠에겐 그럴 시간도 힘도 없었어.

아마 일곱 살 때였을 거야. 그야말로, 말 그대로, 정말 모처럼 아빠와 둘이 놀이동산에 갔어. 너는 아직 어려서 엄마와 집에 있고, 나와 아빠만 놀이동산에 갔지. 그날, 얼마나 들떴는지 몰라. 며칠 전부터 날짜를 꼽으며 아빠와 보낼 날을 기다렸어. 놀이동산에서 탈 놀이기구보다 아빠와 시간을 보낼 수 있어서 훨씬 설레었어. 아빠랑 같이 놀이동산에 가기가 어릴 때부터 오랜 꿈이었으니까.

아침 일찍 아빠와 놀이동산에 갔어. 신났지! 드디어 내 꿈이 이루어졌으니까. 타고 싶던 놀이기구를 마음껏 타고, 사진도 엄청 많이 찍고, 아빠와 맛있는 점심도 먹었어. 점심을 먹고 다시 놀려는데 아빠에게 전화가 왔어. 전화를 받는 아빠 얼굴이 아직도 뚜렷하게 떠올라. 내 손을 잡고 가다가 일그러지던 얼굴, 무슨 말인지 알아들을 수 없었지만 맥 빠진 목소리, 손끝에서 느껴지는 쓸쓸함, 전화기를 끈 뒤 내뱉은 가늘고 깊고 어둠이 깔린 한숨까지, 난 하나도 빼놓지 않고 다 기억해.

일곱 살 어린이가 할 말은 아니지만, 좋지 않은 예감에 나도 모르게 눈물이 나오려 했어. 악을 바락바락 쓰고도 싶었지. 그 따위 회사 때려치우라고, 나에게 아빠를 빼앗아간 그 회사를 그만두라고, 나는 아빠 없는 아이로 살고 싶지 않다고! 그렇지만, 그렇지만, 그럴 수 없었어. 그러려고 했는데, 정말 온갖 떼를 다 쓰고 싶었는데, 아빠 눈을 보고는 그럴 수 없었어. 아빠 눈이, 아빠 눈이 참 슬퍼 보였거든. 울지 않았지만, 아빠 눈은 그 어떤 눈보다 슬퍼 보였어. 그래서 내가 뭐랬는지 아니?

"아빠, 난 괜찮아. 오전은 같이 보냈고 함께 점심도 먹었잖아."

일곱 살 먹은 어린 애가 아빠 눈에서 슬픔을 찾아내고, 그 슬픔을 달래주려고 제 안에서 치솟는 안타까움과 서러움을 억누르고 그렇게 말했어. 기특한 걸까? 그럴지도 모르지만, 그때 받은 상처는 꽤 오래 갔어. 어린 나는 그때 마음 깊이 다짐했지.

'나는 아빠처럼 살지 않을 거야!'

평소에 함께 시간을 보내지 못하는 아빠는 해마다 한 번씩 해외로 우리를 데리고 나갔어. 아주 좋은 호텔에서, 멋지게 꾸며놓은 정원과 수영장이 있는 곳을 많이 다녔지. 이름이 널리 알려진 관광지와 문화 유적지도 많이 갔어. 꽤나 많이 다녔는데 너는 어떨지 모르겠지만 나는 별로 기억에 남는 곳이 없어. 그냥 돈 많이 들여서 다닌 기억밖에 안 나. 한 해 동안 함께 하지 못한 시간을 한꺼번에 때울 수는 없었지. 나는 그런 여행이 반갑지 않아.

내가 아빠와 함께 하고 싶은 시간은 그렇게 돈을 많이 써서 비행기 타고 날아가 즐기는 화려함이 아니야. 소박하지만 오랫동안 아빠랑 같이 할 수 있는 시간을 원해. 월요일 저녁에는 아빠와 배드민턴을 치고, 화요일에는 엄마가 해주는 밥을 먹으며 엄마 요리가 으뜸이라 아부도 하고, 수요일에는 내가 끓인 라면을 같이 먹고, 목요일에는 TV

를 같이 보면서 수다를 떨고, 금요일에는 신문을 펼쳐놓고 아빠에게 세상 이야기를 듣고, 토요일 낮에는 바람을 맞으며 자전거를 타고, 일요일 오후에는 야구장에 가서 목이 터져라 응원하고……. 일곱 가지를 다 못해도 좋아. 단 한 가지라도 일주일에 하나씩은 하고 싶어. 내 바람이 지나친 걸까? 이루지 못할 바람일까?

아빠에게는 우리랑 함께 할 저녁 시간이 없어. 주말도 없어. 그저 돈과 회사밖에 없어. 그래서 나는 아빠가 불쌍해. 남들은 부러워하는 학벌과 직장이 있지만 아빠 삶은 없으니까. 자기 시간을 누리지 못하는 삶은 겉만 남은 빈껍데기야. 처음에 나는 우리 아빠만 그런 줄 알았어. 그런데 아니더라. 애들과 이야기를 나눠보니 정도만 다를 뿐 다 엇비슷했어. 우리 아빠가 심한 편이긴 했지만 거의 모든 애들이 아빠와 즐거운 시간을 보내지 못한다고 하더라. 하긴 뭐, 요즘엔 애들도 바빠서 꼭 아빠 탓만은 아니지. 우리들도 밤늦게까지 학원에 과외에 숙제에 시달리느라 여유롭게 놀 시간이 없으니 말해 뭐하겠냐.

그러고 보면 너와 나도 가족이긴 하지만 식구라 부르기엔 힘들겠다. 너랑 같이 얼굴 마주보고 밥 먹은 기억이 거의 없네. 고등학생이 된 뒤로는 나도 아빠처럼 사니까 말이야. 아빠처럼 살기 싫었는데, 아빠처럼 살지 않으려고 발버둥쳤는데 아빠처럼 살게 되는 꼴이라니, 그저 한숨밖에 나오지 않는다. 아무튼, 도대체 우린 왜 이렇게 사는 걸까? 왜 이렇게 바쁘게 시간에 쫓기면서, 부지런 떨며 살아야 하는 걸까? 왜 제 삶을 다 잃어버리고, 식구도 다 잃어버리고, 외롭게 살아야 할까? 어쩌면, 어쩌면, 『모모』(미하엘 엔데)에 나오는 회색신사 때문은 아닐까?

예은아!

너는 미하엘 엔데가 쓴 『모모』를 아주 좋아했어. 한동안 그 책만 끼고 살았던 적도 있었지. 너는 『모모』를 재미나고 환상이 가득한 이야기로만 기억할지도 모르겠지만, 그냥 재미와 환상만 가득한 책이 아니야.

회색신사가 처음 모모가 사는 곳에 나타나 찾아간 사람이 이발사 푸지 씨야. 회색신사는 교묘한 말로 푸지 씨에게 시간을 아끼라고 설득해. 회색신사가 말한 논리는 이래. 잠자는 시간은 낭비이며, 하루 세끼 먹는 시간도 낭비이며, 귀가 어두운 어머니와 이야기를 나누는 시간도 낭비이며, 영화 구경도 낭비이니, 시간을 낭비하지 말고 아껴서 저축하라! 애써서 아낀 시간만큼 시간이 늘어나고, 아낀 시간만큼 돈이 늘어나고, 아낀 시간만큼 삶은 더 넉넉해지고, 아낀 시간만큼 삶이 여유로워질 테니, 부지런히 시간을 아껴라!

이발사 푸지 씨는 회색신사 꾐에 넘어가서 회색신사가 말한 대로 시간을 아끼려고 손님 한 명에게 들이는 시간을 절반으로 줄이고, 손님과 나누던 즐거운 잡담도 모두 없애고, 손수 돌보던 어머니를 양로원으로 보내고, 노래하고 책 읽고 친구들 만나는 시간도 다 없애고, 잠자는 시간도 아껴가며 단 1초도 허투루 쓰지 않아. 말 그대로 시간을 아끼고 쪼개 쓰면서 푸지 씨는 아주 부지런하게 살지. 조금도 헛된 시간을 보내지 않으려고 해. 그렇게 아끼고 쪼개며 부지런히 사는데, 도리어 시간은 옛날보다 훨씬 빠르게 지나가고, 아끼려고 할수록 더 바빠지기만 해.

너도 눈치 챘겠지만 푸지 씨는 『모모』라는 소설 속 가짜 사람이 아니라 아빠와 같은 사람들이야. 늘 바쁘고 부지런하게 살지만 그럴수록 스스로가 누릴 시간은 없는 사람들! 제 삶을 잃어버린 사람들! 회색신사 꾐에 넘어가 제 삶을 갉아먹는 사람들!

아빠는 회색신사와 시간을 아끼자는 계약이라도 맺은 듯 아침 일찍부터 밤늦게까지 부지런히 일했지만 아들과 놀이동산에서 느긋하게 즐길 하루조차 낼 수 없었어. 푸지 씨가 아낀 시간은 회색신사들이 가져갔고, 아빠가 삶을 바쳐서 던진 시간은 회사가 모조리 가져가. 시간을 아낀 뒤 푸지 씨는 돈을 많이 벌고, 아빠도 돈은 꽤 벌지. 그렇지만 푸지 씨도 아빠도 제 시간은 없어. 푸지 씨는 회색신사에게 시간을 빼앗기고, 아빠는 회사에 시간을 빼앗겨. 그러고 보면 일곱 살 때 놀이동산에서 놀던 우리 아빠에게 전화를 했던 사람, 바로 그 사람이 회색신사야! 그 못된 회색신사가 이 세상에 있었어. 바로 우리들 곁에!

예은아!

아빠는 도대체 왜 그렇게 긴 시간 일을 할까? 우리나라 노동법엔 하루 8시간 일하라고 정해 놓았는데 왜 아침부터 밤늦게까지 일을 시킬까? 짧게 일하면 안 될까? 기술이 발전한다는 말은 사람들이 그만큼 많이 놀아도 된다는 뜻 아닐까? 그런데 왜 기술이 발전하는데도 사람들은 길게 일을 해야 하지? 아무리 따져 봐도 도대체 모르겠어. 앞뒤가 맞지 않아!

영국 역사학자인 그레고리 클라크는 13세기 영국 농노들이 얼마나 일을 했는지 연구를 했대. 어떻게 연구를 했는지는 모르겠는데 그때 농노들은 한 해 동안 1620시간 쯤 일을 했다고 해. 그런데 우리나라는 어떨까? 우리나라는 평균 2000시간이 넘어. 놀랍지 않니? 과학기술이 이렇게 발전한 우리나라 사람들이 13세기 농노들보다 더 오랫동안 일을 한다니! 정말 어처구니없단 생각이 들지? 더 어처구니없는 이야기 해줄까?

오늘날 회사에 다니는 사람들이 일하는 시간은 일주일에 40시간에서 80시간쯤 돼. 선진국들은 일주일에 40시간쯤 되고, 개발도상국은 일주일에 60시간에서 80시간을 일해. 칼라하리 사막에 사는 부시맨은 얼마나 일하는 줄 아니? 일주일에 20시간이래. 20시간! 그들은 수렵채집을 하면서 살아가는 사람들이야! 동물을 사냥하고, 식물 뿌리를 캐고, 열매를 따는 일을 하며 먹고 사는데, 일주일에 20시간만 일한다니! 일주일에 20시간이면 하루에 4시간씩 5일만 일하면 돼! 선진국에 사는 노동자들도 일주일에 40시간을 일하는데, 부시맨은 그 반밖에 일하지 않는 거야! 뭔가 잘못되었다는 생각이 들지 않니?

처음 산업혁명이 일어났을 때 노동자들은 하루에 15시간 이상씩 일을 했대. 1802년에 영국에서는 어린이들이 아침 6시부터 저녁 9시까지만 일하게 하는 법을 만들었다고 해. 아침 6시부터 저녁 9시까지라고 하면 하루 15시간이야. 15시간을 일하도록 법을 만들었다는 말은 그 전에는 하루 15시간 이상 일을 했다는 말이잖아! 어린아이들이 말이야! 갓 열 살 넘은 아이들이 하루 15시간씩 공장에 박혀서 일을 하는 장면을 떠올려 봐! 끔찍하지 않니? 그건 누가 뭐래도 아동학대야!

우리나라는 6.25전쟁이 한창이던 1951년에 노동법을 만들자는 이야기가 나왔고, 1953년까지 노동조합법과 근로기준법과 같은 노동법을 만들어. 하루 8시간, 일주일에 48시간 노동만 하고, 일주일에 6일 일했으면 하루는 유급으로 휴가를 주라고 법으로 정했지. 지금 우리나라 근로기준법에서는 일주일에 40시간만 일하라고 정해두었어. 단, 회사와 노동자가 합의하면 일주일에 12시간 더 일할 수 있지. 그러니까 아주 길게 일해도 일주일에 52시간을 넘기면 안 된다는 뜻이야. 만약 우리 아빠가 다니는 회사가 근로기준법을 지켰다면 아빠와 같이 밥 먹고, 놀고 싶다는 우리들의 작은 꿈은 아주 쉽게 이루어졌겠지. 회사가 법만 지켰다면 말이야. 우리 남매와 아빠는 어엿한 식구로 지냈을 거라고(그래서 나는 아빠 회사가 회색신사와 똑같다고 봐!).

우리나라는 세계에서도 손꼽히게 일을 많이 하는 나라야. 국제노동기구에서 발표하는 노동시간 통계를 보면 언제나 나쁜 쪽으로만 으뜸이야. 우리나라 노동자들은 늘 일만 해. 『모모』에서 회색신사 꾐에 넘어가 스스로 삶을 잃어버리고 사는 사람들처럼 죽도록 일만 했던 거야. 일만 하는 삶은 불행해. 일을 못해도 불행이지만, 일을 지나치게 많이 해도 불행이야. 알맞게 적절하게 일해야 행복해.

예은아!

그래서 나는 아빠처럼 살고 싶지 않아. 아빠는 자유인이 아니야. 아빠는 회사에 얽매여 사는 노예나 다름없어. 공부를 열심히 해서 좋은 대학을 나온 뒤에 돈 많이 주는 대기업에 들어가서 기껏 종노릇이라니, 오빠는 그러고 싶지 않아. 그건 완전 미친 짓이야. 그렇다고 그렇고 그런 대학 나와서 작은 기업에 들어가기도 싫어. 작은 기업은 돈도 적게 줄뿐더러 일도 오래 시켜. 게다가 회사가 망하기도 쉽지. 대기업보다 노동조건이 더 안 좋아.

내가 초등학교 5학년 여름방학 때였으니까 예은이 네가 초등학교 2학년이었을 때구나. 아빠는 큰돈을 들여서 우리를 데리고 태평양에 있는 한 섬으로 놀러 갔어. 너는 신나게 놀았지만 나는 별로 즐겁지 않았어. 어쩌다 한 번 이렇게 가는 여행이 달갑지 않았거든. 그리 즐겁지는 않았지만 그렇다고 싫지도 않았어. 어쨌든 아빠와 보내는 시간은 좋았으니까. 그런데 휴가 내내 아빠는 전화기를 붙잡고 살았어. 툭하면 회사에서 걸려오는 전화 때문이었지.

"아빠는 여기 와서도 회사 사람들하고 전화만 해?"

내가 볼멘소리를 하자 아빠는 씁쓸하게 웃었어.

그때 옆에 계시던 엄마가 이렇게 말했지.

"준혁아, 그래도 아빠 능력을 인정받았으니까 회사에서 늘 찾는 거야. 아빤 능력자야."

엄마가 나를 달래려고 그렇게 말했지만 내 마음은 전혀 달래지지 않았어. 어쩌다 놀러 와서도 저렇게 일에 매달리는 아빠 삶이 한없이 처량해 보였기 때문이야. 휴가가 끝나고 우리나라에 돌아온 날 밤, 드라마를 보다가 난 마음을 먹었어. CEO가 되기로!

드라마 속 CEO는 한가해 보였어. 틈만 나면 놀러 다니고, 예쁜 여자와 연애하고, 늘 사람들을 만나서 차를 마시거나 밥을 먹어. 많은 가족과 앉아 식사를 해. 우리 집은 어떻지? 네 식구가 모두 모여 밥을 먹는 시간이 일주일에 얼마나 되지? 지난주엔 두 번, 지지난 주엔 한 번, 이번 주엔 아직 없어. 내가 CEO가 되면 내 자식과 같이 시간을 보낼 수 있을 거야. 내가 CEO니까 내 마음대로 해도 되잖아. 저 드라마에 나오는 CEO처럼!

그래! 내가 회사를 차리자. 내가 CEO가 돼서 나는 아빠처럼 살지 말자. 우리나라에선 다른 사람 밑에서 일하면 아빠처럼 살아야 돼. 나는 그러기 싫어. 나는 회사 CEO가 돼서 자유롭게 살자! 그때부터 내 꿈은 CEO가 되었어.

그 뒤로 정말 엄청나게 공부했어. 나는 아빠가 졸업한 대학의 경영학과에 가겠다는 목표도 세웠어. 왜냐하면 CEO가 되려면 경영학과에 가는 쪽이 좋고, 강한 경쟁력을 갖춘 기업을 만들려면 제대로 배워야 하기 때문이지. 영어와 중국어도 따로 배우고, 경영과 경제 공부도 부지런히 했어. 경영 · 경제 책을 닥치는 대로 읽었고. 신문을 읽으면 일부러 경제면부터 봤지. 남들이 스마트폰으로 웹툰과 게임을 즐길 때 나는 스마트폰으로 경제와 관련한 기사와 지식을 찾아 봤어. 중학생 때는 학교에서 경제 동아리도 만들어서 그 어떤 애들보다 바쁘게 살았지.

예은아!

어제도 아빠는 밤늦게 들어오셔서 잠든 너를 한참 보다가 주무셨어. 문제를 풀다가 잠깐 화장실 가는 길에 네 방 앞에서 물끄러미 너를 보는 아빠를 봤는데, 아빠는 내가 지나가는데도 알아차리지도 못한 채 너만 바라보시더라. 아빠는 너를 참 사랑해. 요즘은 너 보는 맛에 사시는 듯해. 나는 퉁명스럽고 아빠랑 거리를 두니까 아빠가 나를 가깝게 여기지 않아. 더구나 이제 곧 고2가 되니 얼마나 눈치 보이시겠니. 그러니 네가 틈나는 대로 아빠한테 애교도 부리고, 전화도 자주 하렴. 그래야 아빠가 힘을 내지.

아빤 우릴 위해 참 많이 애를 쓰셔. 아빠가 우리에게 주는 그 사랑, 참 고마워.

잘생기고 멋진,

그렇지만 가끔은 나에게 힘을 부리는,

그러면서도 듬직한 (오빤 정말 듬직해. ^O^)

우리 오빠에게!

(오빠 편지 흉내를 내봤어. 괜찮지? ㅎㅎ)

편지를 읽다가 울었어. 아빠와 더 놀고 싶은데, 마음껏 놀이동산에서 즐기고 싶은데, 그런 마음을 꾹꾹 누르고 아빠를 보내다니, 그 어린 나이에 얼마나 슬펐을까?(ㅠ.ㅠ;)

내가 봐도 아빠는 참 안타까워. 아빠를 힘들게 하는 회사도 정말 미워. 오빠 말처럼 아빠가 일하는 시간을 줄여서라도 우리 가족을 식구가 되게 해주면 좋겠어. 그러면 내가 라면은 맛있게 끓여 주겠다고 약속할게(저번 라면은 망쳤지만, ㅎ.ㅎ).

『모모』를 수십 번 읽었지만 오빠 같은 생각은 못했어. 그냥 판타지라고만 여겼는데, 회색신사가 회사고, 아빠가 푸지 씨와 같은 처지라니,

소름이 돋아. 가만히 짚어보니 『모모』에 많은 상징들이 숨겨져 있다는 생각이 드네. 한참 『모모』를 읽을 때도 엄청난 작가라고 여겼지만, 새삼스럽게 미하엘 엔데란 작가를 존경하는 마음이 솟아나.

오빠가 왜 CEO가 되려는 줄 몰랐는데, 나랑 거의 같은 이유에서 CEO를 꿈꾸었다니 조금 놀랐어. 나도 아빠 보면서 밤늦게까지 일하고, 주말에도 툭하면 불려 나가는 직장인은 되지 말아야겠다고 마음먹었거든. 그러고 보면 꿈이 꼭 거창한 동기에서 생기지는 않나 봐. 내 친구들을 봐도 그냥 살다가, 뭐가 좋아서, 뭐가 싫어서, 뭐에 끌려서 그냥 꿈이 생기는 애들이 많아.

내 친구 혜진이 알지? 키 크고 몸매 좋은 애. 혜진이 꿈은 아나운서야. 혜진이네 할아버지는 어릴 때부터 사촌 오빠를 참 예뻐했는데, 친척들이 모이기만 하면 늘 사촌 오빠 얘기만 했대. 사촌 오빠가 엄청 공부를 잘했나 봐. 전교 1등을 놓치지 않고, 상이란 상은 모조리 휩쓰니까 할아버지로서는 좋아할 수밖에 없지. 혜진이가 아무리 공부를 잘 해도 사촌 오빠만큼 할 수는 없었어. 늘 칭찬을 받는 사촌 오빠를 보면서 혜진이도 할아버지 마음을 끌고 싶었대. 어떻게 할까 머리를 굴리던 혜진이는 할아버지가 보는 뉴스를 떠올렸어.

할아버지는 가족들과 함께 있다가도 TV에서 뉴스가 나올 때가 되면 언제나 뉴스를 보신대. 그 모습을 보고 혜진이는 '내가 뉴스를 진행하는 아나운서가 되면 할아버지가 나를 늘 보겠구나!' 하는 생각이 들었어. 아나운서가 되어 뉴스를 진행하면 할아버지는 혜진이를 볼 수밖에

없고, 할아버지가 좋아하시는 뉴스를 진행하는 외손녀를 예뻐하고 자랑스러워하실 거라 생각한 거야. 혜진이 꿈은 그렇게 해서 아나운서가 되었지. 나름 참 재미나기도 하지만, 그렇게까지 할아버지에게 인정받으려 애쓰는 혜진이가 안쓰럽기도 해.

나랑 같이 다니는 또 다른 친구인 현경이는 아이돌Z를 참 좋아해. 현경이 엄마가 '너는 밥 먹고 아이돌Z 쳐다보는 일밖에 안 하냐'고 구박할 정도지. 그런 현경이 꿈은 스타일리스트야. 현경이가 스타일리스트가 되고 싶은 까닭은 간단해. 멋진 스타일리스타가 되어서 아이돌Z에게 제 손으로 머리에서 발끝까지 꾸며주고 싶기 때문이야. 물론 현경이가 스타일리스트가 될 때까지 아이돌Z가 그대로 있기는 어렵겠지만, 아무튼 현경이 꿈은 스타일리스트야.

진희는 참 잘 먹어. 입만 열었다 하면 먹는 얘기야. 진희는 대학을 프랑스어학과로 가기를 바라는데, 거길 왜 가고 싶은 줄 알아? 글쎄 프랑스 음식을 마음껏 먹고 싶어서래. 프랑스어를 잘해야 프랑스에 가서 프랑스 음식을 마음대로 먹는대나 뭐래나. 아무리 생각해도 진희 꿈은 진짜 웃겨! (ㅎㅎ)

내 친구들 꿈이 왜 생겼는지 알고 나니까 조금 어이가 없지? 어른들은 꿈이 생긴 동기가 거창하길 바라. 특히 특목고나 자사고, 대학에서는 꿈이 생긴 그럴 듯한 동기를 바라는 경우가 많아. 터놓고 말해서 그런 애들이 얼마나 되겠어. 그냥 어쩌다 보니 꿈이 생긴 애들이 훨씬 많지. 안 그래?

그래서 9급 공무원 꿈이 생긴 동기가 걱정스럽다는 오빠 말이 잘 와 닿지 않아. 오빠도 나도 같은 동기인데 왜 나만 걱정인지 잘 모르겠어. 더구나 위험하기까지 하다니, 정말 모르겠어.

오빠,

아빠에게 애교 부리라는 말, 잘 알아들었어. 안 그래도 내가 한 애교 하지. 아빠와 통화도 자주하고, 문자도 많이 해. 아빠는 내가 전화할 때마다 아주 좋아하셔. 어제도 내가 하트를 보내줬더니 아빠는 몇 배나 많은 하트를 보내주셨어. 오빠는 아빠한테 하트 못 받아봤지?

(메롱~^^;)

그러니까 나한테 잘 해. 내게 잘해주면 아빠한테 받은 하트 나눠줄게. ㅋㅋㅋ

상처 속에서 피어난 아름다운 꽃

내 동생 예은이에게.

내가 쓴 편지를 읽고 네가 울었다니, 뜻밖이네.

고맙기도 하고. ^.^

아빠가 너한테 하트를 보냈다니 해가 서쪽에서 뜰 일이네. 아빠는 내가 문자를 보내면 씹기 일쑤인데 말이야. ㅠ_ㅠ; 아무래도 요즘 '딸 바보'란 말이 유행이라는데, 우리 아빠도 '딸 바보'가 맞나 보다. 어휴, 아무리 봐도 요즘은 남자들이 참 살기 힘든 세상이야. 아빠들까지 딸을 더 좋아하니 말이야. 아무튼~!

예은아!

꿈이 생긴 동기가 거창하지 않다는 말, 나도 동의해. 첫걸음부터 거창한 사람이 얼마나 되겠어. 다들 고만고만한 일로 마음에 동기라는 씨앗이 뿌려지고, 점점 물과 햇살을 받으며 커나가는 거겠지.

나도 처음에는 아빠처럼 살지 않겠다고 마음먹고 어떻게 살지 두리번거릴 때, TV 드라마 속 CEO가 괜찮아 보여서 CEO가 되겠다는 목표를 세웠어. 너도 아빠처럼 살지 않겠다고 마음먹고 이리저리 살피다가 특목고를 그만두고, 9급 공무원 시험에 합격한 사람 인터뷰를 보면서 9급 공무원이 되겠다는 목표를 세웠잖아. 나는 CEO가 되고, 너는 9급 공무원이 되면 아빠처럼 살지 않아도 되겠다 싶었던 거야. 이처럼 첫걸음은 너와 내가 똑같아. 아빠처럼 바쁘게 살지 않고, 식구들과 함께 저녁과 주말을 누리는 삶이 너와 내가 바라는 바야(서로 진로 얘기를 한 적도 없는데, 똑같은 이유로 진로를 선택하다니 우린 한 핏줄이 맞나 봐~^.^).

피 터지는 경쟁과 끝 모를 불안이 가득한 세상에서 어쩌면 CEO보다는 9급 공무원이 훨씬 나을지도 몰라. 공무원은 그 어떤 직업보다 경쟁과 불안이 적으니까. 그런 점에서 보면 네 선택은 합리적이야. 그러나 오직 안정만 보고 공무원이란 직업을 고른다면 올바르지 않아. 사람은 합리적으로 선택해야 하지만, 어떨 때는 합리적이지 않지만 올바른 길을 가야할 때도 있어. 나는 다른 선택은 몰라도 꿈에 관해서는 합리성보다는 올바름을 앞에 두어야 한다고 믿어. 물론 선택을 강요하진 않을게. 내 경험과 생각을 들려줄 테니까 읽어보고 네가 결정해.

* * *

아주 좋은 선생님이 계셨어. 중학교 1학년 때 영어를 가르친 선생님이었는데, 그 선생님은 모든 학생들이 좋아했지. 말 그대로 모든 학생들이! 영어 수업인데도 딴 짓 하는 애들이 한 명도 없고, 수업이 어찌나 재미있는지 다들 눈이 초롱초롱했지. 외국에 다녀와서 영어를 꽤 잘하는 애들도 그 선생님 수업은 재미있게 참여하더라고. 선생님은 공정했고, 우리를 성적으로 차별하지도 않으셨어. 학생들이 문제제기를 하면 귀 기울여 들어주셨고, 타당하면 받아들이고, 아니다 싶으면 자세히 설명을 해주었는데, 어떤 경우에도 학생들에게 생각을 강요하지 않으셨지. 이제까지 내가 만난 그 어떤 선생님보다 훌륭하신 분이야. 선생님 덕분에 애들 영어 실력이 눈에 띄게 나아졌어. 성적도 성적이지만 영어를 좋아하게 된 애들이 많았지. 아마 대한민국 어디를 가도 그런 선생님을 찾기는 쉽지 않을 거야. 선생님은 영어를 가르치면서 세계가 어떻게 돌아가는지 많은 이야기를 해 주었는데, 그 가운데 오랫동안 배낭여행을 하며 겪은 이야기는 학교에만 갇혀 사는 우리들 가슴을 두근거리게 만들었지.

오빠가 중학교 1학년 때 경제 동아리를 만들어서 활동했던 사실은 예은이 너도 잘 알지? 말은 경제 동아리였지만 부끄럽게도 제대로 된 경제 동아리는 아니었어. 그냥 경제와 관련된 책을 읽고, 신문 기사 보며 이야기 나누는 정도였지. 그때까지만 해도 경제 동아리를 어떻게 해야 할지 몰랐기 때문에 그냥 경제를 좋아하고, 경제 쪽 꿈이 있는 애들이 생활기록부에 기록을 남기려고 벌인 보여주기 식 활동이 었을 뿐이야.

2학년에 올라가면서 나는 아주 새로운 경제 동아리를 만들기로 마음먹었어. 직접 물건도 팔면서 회사처럼 운영도 해보고, 주식 투자도 하고, 사업계획서도 만들고, 학생 경제 신문도 만드는 그야말로 진짜 경제 동아리를 만들 계획이었지. 동아리 활동은 학생들로만 할 수는 없어. 특히 내가 계획하는 동아리는 전무후무한 동아리라 아주 좋은 선생님이 도와주지 않으면 안 돼. 나는 계획서를 만들자마자 영어 선생님을 찾아가서 계획서를 보여드린 뒤에 우리 동아리를 지도해달라고 부탁했어. 영어 선생님은 꼼꼼하게 물어보시더니 아주 흔쾌히 해주겠다고 하시더라. 그리고 모자란 점을 짚어주고는 함께할 친구들을 모아보라고 하셨어. 나는 영어 선생님이 말씀하신 대로 계획서를 고치고 함께할 친구 12명을 모았지.

드디어 중학교 2학년, 3월이 되고 동아리 활동 신청을 할 때가 왔어. 신청 기간이 되었지만 나는 조금 더 꼼꼼한 계획서를 만들려고 친구들과 머리를 맞대고 고치기를 거듭했지. 마감을 하루 앞두고 계획서를 완벽하게 마무리 한 나는 영어 선생님께 가서 동아리를 책임지고 지도하겠다는 승낙서를 받으려고 했어.

“준혁아, 너한테 정말 못할 말이긴 하지만, 나는 널 도와줄 수가 없어.”

처음엔 무슨 말인지 알아듣지 못했어.

"네가 만들려는 경제 동아리를 내가 지도할 수가 없다고."

"무슨 말씀이세요? 약속하셨잖아요"

"내가 애를 돌봐야 해서……, 학교를 그만두거든. 어쩔 수가 없어."

선생님은 어깨를 축 늘어뜨렸고, 내 속에서는 부아가 화산처럼 타올랐지.

"아니, 어떻게? 저랑 그렇게 철석 같이 약속해 놓으시고는……, 그 무엇보다 약속과 믿음이 먼저라고 그렇게 수업 때마다 가르치시고는……, 어떻게 선생님이 그 약속을 깨신단 말이에요?"

내가 따지고 들었지만 선생님은 그냥 '어쩔 수 없다'는 말만 되풀이할 뿐 왜 애 때문에 학교를 그만두어야 하는지 말씀해주지 않으셨어. 그때 선생님이 자세히 말씀해주셨다면, 엄마로서 어쩔 수 없이 애를 직접 키울 수밖에 없는 상황을 알려주시기만 했더라도 내 배신감은 크지 않았을 거야. 그렇지만 별다른 말도 없이 그냥 어쩔 수 없다는 말만 하면서 학교를 떠나겠다는 선생님을 나는 도저히 이해할 수 없었어.

그 바람에 내가 만들려던 동아리는 큰 위기에 처하게 되었지. 동아리 신청을 하려면 선생님 한 분이 맡아 주셔야 하는데 그럴만한 분을 찾기가 어렵게 되었거든. 다른 선생님들을 부지런히 찾아다니며 부탁을 드렸지만 모두 거절하셨어. 왜냐하면 이미 동아리를 다들 맡고 계셔서 내가 만드는 동아리를 맡을 만한 선생님이 안 계셨기 때문이야. 나는 영어 선생님이 더욱 원망스러웠어. 학교를 어쩔 수 없이 떠나실 거면 미리 말씀해주시지, 동아리 신청 마감일을 하루 앞두고 말씀하시는 바람에 내 계획을 망치시다니. 생각할수록 부아가 치밀었어.

결국 내가 계획했던 동아리는 첫 발도 떼지 못하고 사라지고 말았어. 겨울 방학 내내 친구들을 모아서 준비했던 수많은 시간들이 연기처럼 흩어지고 만 거야. 그러니 내가 영어 선생님께 느낀 배신감이 얼마나 컸겠니? 내 꿈을 이루려고 만들려던 동아리인데, 가장 존경하는 영어 선생님이 내 꿈을 무참히 짓밟았다고 생각하니, 그분이 얼마나 미웠을지 너는 아마 상상할 수도 없을 거야. 멋진 삶을 펼쳐가려고 애쓰던 내게 찾아온 배신(?)은 내 삶을 절망으로 빠뜨리고 말았어. 1학년 때 했던 동아리도 못하게 되어서 나를 믿고 따라왔던 친구들은 영어 선생님과 나를 싸잡아서 비난했어. 나중에 친구들과는 얽힌 마음을 풀고 다시 가까워지긴 했지만, 두어 달 동안 겪은 괴로움은…… 에휴, 다시 떠올리기도 싫다.

중간고사를 힘들게 치른 뒤, 나는 영어 선생님을 찾아갔어. 왜 그만두었는지, 왜 나를 배신했는지 듣지 않으면 견딜 수가 없는 상황이었기 때문이야. 영어 선생님만 생각하면 자다가도 벌떡 일어나서 부들부들 떨렸거든. 그때 엄마는 그런 나를 보고 중2병이니, 사춘기니 하면서 혀를 차셨지만, 나는 중2병도 사춘기도 아니었어. 14살에 가장 믿고 존경했던 어른에게 배신을 당한 가엾은 청소년일 뿐이었지. 그대로는 살 수 없겠다 싶었기에 나는 수소문 끝에 선생님을 찾아갔어.

나는 선생님께 연락을 했고, 우리는 어느 고등학교 앞 커피숍에서 만나기로 했어. 나는 미리 가서 기다렸는데, 선생님이 그 고등학교에서 나오시는 거야. 놀랍게도 지나가는 학생들이 모두 선생님께 인사를 하는 게 아니겠니? 그때 내가 받은 충격이 얼마나 컸는지 너는 아마 모를 거야. 왜 내가 그렇게 큰 충격을 받았냐고? 너 같으면 충격을 안 받겠니? 애를 키우려고 학교를 그만둔다고 말씀하셨던 분이 다른 학교에 가서 선생님을 하고 계시는 모습을 봤는데 말이야. 화산이나 해일에도 견줄 수 없을 만큼 큰 배신감이었어. 나도 모르게 눈물이 나더라. 너무나 큰 배신감에 짓눌려 노여움보다 슬픔이 복받쳤어. 내가 느낀 배신감은 14살 나이에 감당하기엔 지나치게 크고 무거웠고, 어떤 면에서는 무서웠어.

"어떻게…, 어떻게… 이럴 수가 있어요? 어떻게… 전 선생님을 믿었는데, 선생님을 정말 많이 따랐는데……."

나는 펑펑 울면서, 내 노여움과 배신감을 선생님께 마구잡이로 쏟아냈지. 선생님은 내가 쏟아내는 슬픔과 노여움을 묵묵히 들으셨어. 내 눈물이 잦아들고 지나치게 치솟은 감정에 지쳐 내 입이 잠잠해지고 나서야 선생님이 입을 열었는데, 선생님 입에서 나온 한 낱말이 내 삶을 송두리째 뒤흔들어 버렸어.

"나는 비정규직 교사야."

비정규직? 처음에 나는 무슨 말인지 알아듣지 못했어. 비정규직이 뭔지는 알았지만 '나는 비정규직 교사야'란 말이 무엇을 뜻하는지 알아차리지 못한 거야. 정규직은 계약 기간이 정해져 있지 않아. 계약 기간이 정해져 있지 않다는 말은 나이가 들어 회사를 그만두어야 할 때까지 회사를 다녀도 된다는 말이야. 비정규직은 정규직이 아닌 사람들을 가리켜. 계약 기간을 정해서 일하는 노동자들, 다른 회사에 이름을 걸어놓고는 큰 회사에 파견되어서 일하는 노동자들, 일이 있으면 불려가는 일용직 노동자들, 편의점이나 음식점에서 일하는 알바 노동자들, 이 모든 노동자들이 바로 비정규직이야.

신문에서 별 생각 없이 읽었던 비정규직이란 낱말이 영어 선생님 입에서 나오다니, 정말 어울리지 않았어. 나는 비정규직이 어떤 말인지는 알았지만, 선생님이 '나는 비정규직 교사'라고 하셨을 때 그 말에 담긴 뒷사정을 모두 알아차리지는 못했지.

"무슨 말씀이세요?"

나는 눈물을 닦으며 물었어.

"말 그대로야. 나는 비정규직 교사야. 너희 학교에 다닐 때도 그랬고, 여기 고등학교에서도 마찬가지야."

선생님은 덤덤하게 말씀하셨어.

"그게, 학교를 옮기신 거랑 무슨 상관이 있는데요?"

"나는 한해짜리 교사야. 학년 끝나면 잘렸다가 다시 새 학기가 되면 계약을 하지. 몇 해 동안 그렇게 해 왔는데, 올 초에 문제가 생겼단다. 교장 선생님이 교육청에서 비정규직 선생님들 자리를 작년과 똑같이 얻어오려고 했는데, 비정규직 교사 자리가 줄어들고 만 거야. 때

마침 나는 1학년에서 2학년으로 가르치는 학년을 옮기려던 처지였는데, 2학년 교사들 가운데 비정규직 숫자가 이미 다 차 버려서 나만 붕 뜨게 되었지. 그 바람에 어쩔 수 없이 내가 그만두게 된 거야."

선생님 말을 듣는데 어떻게 말해야 할지 모르겠더라.

"나도 너와 한 약속을 지키고 싶었어. 교장 선생님께 너와 한 약속을 말씀드리며 사정사정 했지만, 교장 선생님도 어쩔 수 없었어. 학교의 비정규직 교사 자릿수는 교육청에서 정하고, 자릿수보다 넘치는 비정규직 교사는 나가야 해. 내가 비정규직이라 그만둔다고 너한테 말할 수는 없었어. 그래도 나는 네 선생님인데, 비정규직이라 잘렸다는 말을 하고 싶진 않았어. 어쩔 수 없이 애를 돌봐야 해서 그만둔다고 너한테 거짓말을 한 거야."

내 눈에선 또다시 눈물이 흘렀어. 이번엔 노여움 때문이 아니라 서러움 때문에. 내가 존경하는 선생님이 비정규직이라서 학교를 그만두었다니, 정말 서글펐지. 말로만 듣던 비정규직이 바로 이런 거구나! 너무 또렷하게 비정규직이라는 단어를 이해하겠더라.

"이 학교에 육아휴직에 들어가는 정규직 선생님이 계셔서 지원했어. 운이 좋았지. 곧바로 자리를 얻었으니까. 정규직 선생님이 육아휴직을 끝내고 돌아올 때까지는 이 학교를 다닐 수 있어. 물론 정규직 선생님이 돌아오면 또 자리를 옮겨야 하겠지만."

선생님은 낯빛 하나 바꾸지 않고 무덤덤하게 말했는데, 그 모습이 참 낯설었어. 선생님은 참 정이 많고 따뜻한 분인데 말이야.

"도대체, 왜? 왜 학교에서 비정규직 선생님을……."

"돈을 아끼려고 하는 거야."

"돈이요?"

"그래 돈. 요즘엔 젊은 부부들이 애들을 많이 안 낳아. 그러니 점점 애들이 줄지. 애들은 줄어드는데 선생님을 많이 둘 수는 없잖아. 선생님을 정규직으로 뽑으면 큰 잘못이 없는 한 그만두라 할 수 없으니까. 반면에 비정규직 교사는 학생 숫자가 줄면 언제든지 자를 수 있으니 얼마나 좋아. 그뿐이 아니야. 정규직 선생님들은 학교에서 마음대로 다루지 못하지만 비정규직 교사는 달라. 비정규직 교사는 정교사와 똑같이 일하지만, 학교가 마음에 안 들면 언제든지 자를 수 있기 때문에 함부로 학교에 대들지 못해. 학교가 힘든 일을 시켜도 아무 소리 못하고. 심지어 다른 정규직 선생님들이 비정규직 교사에게 일을 시켜도 거절하지 못해. 나쁜 소문이 돌면 그 다음 계약에서 불이익을 받을 수 있으니까."

선생님 말을 듣는데 몸이 부들부들 떨렸어. 비정규직 교사가 어떤 처지인지 들으면 들을수록 끔찍했거든.

"그뿐이면 다행이지. 비정규직 교사들은 학생들에게 함부로 말도 못하고, 학부모가 부당한 말을 해도 꾹 참아야 해. 만에 하나 학부모 민원이 들어오거나, 학생과 마찰이 생겨서 문제가 되면 다음 계약에 영향을 끼치니까."

눈물이 멈추지 않았어.

"그런데도 비정규직 교사를 모집하면 엄청나게 많은 사람들이 몰려들어. 일도 힘들고 지위도 불안한데 다들 어떻게든 비정규직 교사 자리라도 잡으려고 치열하게 경쟁해. 세상에 비정규직이 넘치는데 학교라고 예외일 수는 없지. 처음엔 참 불합리하다고 느꼈지만, 이젠 그러려니 해."

영어 선생님을 만나고 난 뒤, 내 마음엔 큰 바위덩어리가 들어앉았어. 15살에 나는 세상이 얼마나 무시무시한지 알게 된 거야. 사람이 결코 평등하지 않으며, 정규직과 비정규직이 조선시대 평민과 노비처럼 엄청나게 다름을 알게 되었지. 무엇보다 그때까지 눈여겨보지 않았던 사실들을 알게 되었어. 우리 학교에 영어 선생님 말고도 엄청나게 많은 비정규직이 있다는 사실을 말이야. 식당에서 일하는 조리원과 조리사도 비정규직, 영양사 선생님도 비정규직, 상담실 선생님도 비정규직, 방과 후 교실 선생님도 비정규직, 학교 시설을 관리하는 분도 비정규직, 도서관 사서 선생님도 비정규직, 체육 보조 선생님들도 비정규직, 영어회화 전문 강사들도 비정규직, 행정을 보는 분들 가운데도 절반은 비정규직, 우리를 가르치는 선생님들 가운데 상당수도 비정규직이었어.

심지어 2학년 우리 반 담임선생님도 비정규직이더라! 처음에는 나를 비롯한 몇 명만 알았지만 점점 모든 애들이 알게 되었지. 그때부터 우리는 담임선생님을 다르게 대했어. 담임선생님은 늘 깔끔한 정장을 입고 오셨는데, 비정규직인지 몰랐을 때는 깔끔한 옷을 좋아하나 보다 생각했다면, 비정규직이라는 것을 알게 된 이후에는 비정규직이어서 저렇게 정장을 입고 온다고 생각하게 되었어. 왜냐하면 정규직인 미술 선생님과 음악 선생님은 미니스커트도 입고 오고, 청바지에 헐렁한 티셔츠를 입고 올 때도 많았기 때문이야. 전에는 그냥 취향 차이라고 여겼던 옷차림이 이젠 정규직과 비정규직이라 옷을 다르게 입는다고 여기게 된 거야. 무엇이 진짜인지는 몰라. 취향 때문일 수도 있지. 문제는 우리가 정규직과 비정규직이라는 차별을 잣대로 하여 담임선생님과 다른 선생님들을 견주게 되었다는 거야.

애들도 몇몇 비정규직 선생님을 대놓고 깔 봐. 우리 담임선생님은 참 좋은 분이지만 비정규직임을 알고는 얕보는 애들이 늘었어. 다른 선생님과 조금만 다르게 하시면 비정규직이니까 저러는 거 아니냐면서 수군거리고, 수업이 조금만 재미없으면 비정규직이라고 수업도 대충 한다고 속삭이고, 시험 문제가 조금만 이상해도 비정규직이라 문제를 그렇게 냈다고 비난해. 정말 그런지 안 그런지는 중요하지 않아. 문제는 학생들이 그렇게 믿는다는 거야.

어떤 못된 애들은 비정규직 교사라고 대놓고 놀리기도 해. 어느 날 복도를 지나가는데 한 애가 뛰면서 놀다가 어떤 비정규직 선생님에게 지적을 당했어. 그런데 그 애가 뭐라고 한지 아니?

“아니, 학교에서 알바하면서 뭔데 저한테 이래라 저래라 그래요?”

그 말을 듣는데 내 피가 거꾸로 치솟는 듯했어. 옆에 있던 친구가 말리지 않았으면 한 대 패주었을 거야. 나도 그 말에 부아가 치밀었는데 그 말을 직접 들은 그 비정규직 선생님은 오죽했겠니?

물론 학교에서 일하는 모든 사람이 정규직일 수는 없다고 봐. 비정규직도 조금은 있어야 돼. 잠깐 하는 프로그램인 경우 정규직 교사보다는 비정규직 교사가 더 나아. 육아휴직이나 질병 때문에 잠깐 자리를 비워야 할 때에는 임시 교사가 그 자리를 메울 수도 있지. 그러나 한 해 동안 학생들을 책임질 담임선생님이 비정규직이라니, 꾸준히 우리를 가르치는 영어나 국어 선생님이 비정규직이라니, 남에게 털어놓을 수 없는 고민을 들어주시는 상담 선생님이 비정규직이라니, 도대체 어쩌라는 거야!

영어 선생님 말처럼 학교가 비정규직을 늘리는 까닭은 돈 때문이야. 비정규직을 쓰면 똑같은 일을 해도 돈을 덜 주고, 일이 줄면 해고해버리면 되니까. 통계에 따르면 우리나라 비정규직은 정규직과 비슷한 일을 하는데도 임금은 절반 밖에 못 받는대. 정규직 임금이 100이면 비정규직 임금은 50이래. 더구나 우리나라는 남녀 임금 차이도 꽤 돼. 남자가 100이면 여자는 70쯤 된다고 해. 그러면 여자면서 비정규직이면 어떨까? 남자 정규직이 100이면, 여자 정규직은 70, 남자 비정규직은 50, 여자 비정규직은 35를 받아! 같은 일을 하는데도 이렇게 차이가 나! 같은 일을 할 때 여자 비정규직은 남자 정규직보다 겨우 1/3밖에 돈을 받지 않아. 정규직이 많이 받는다고? 아니야! 비정규직이 적게 받는 거야. 특히 여자 비정규직은 지나치게 낮은 임금을 받고 힘든 일을 해.

잘릴 때도 비정규직은 법이 보호를 해주지 않아. 아무 때나 쓸모없다고 여겨지면 그냥 잘라 버려. 사람을 일회용 물건 쓰듯이 가져다 쓰고는 다 쓴 뒤에 버리는 거야. 이게 도대체 뭐하는 짓인지 모르겠어. 사람을 가르치는 일을 하는 학교가 사람을 물건 다루듯이 하다니 도대체 우리 학생들이 뭘 보고 배우란 말일까? 어쩌면 학교나 교육 담당자들은 학생들도 물건처럼 여기는지도 몰라. 학생을 가르치는 선생님을 물건 다루듯이 한다면, 그 물건에게 배우는 학생도 물건이야! 내 말이 틀리니?

올바른 사람으로 키우는 교육을 한다는 학교가 이 모양이면 도대체 사회는 얼마나 끔찍하겠니? 그 끔찍함을 내 눈으로 직접 보았어. 중학교 2학년 여름방학 때인데, 그때 받은 충격이 정말 커서 그 장면을 살짝 떠올리기만 해도 몸이 부들부들 떨릴 정도야.

* * *

너도 알겠지만 진수는 내 오랜 친구야. 나는 허구한 날 진수와 붙어 다녔어. 나는 진수 집에 가서 놀기를 좋아했는데 바로 진수 어머니 때문이야. 진수 어머니는 정말 요리를 잘하셔. 우리 엄마가 요리를 못하는 편이 아니지만 진수 어머니 요리 솜씨는 일류 요리사 저리 가라야. 물론 요리사 자격증이 있지는 않지만 솜씨가 놀라우셔. 진수 어머니가 해주는 간식에 길들여진 뒤로는 엄마가 해주는 간식은 먹기가 싫을 정도였으니까 할 말 다했지 뭐. 더구나 진수 어머니는 정말 친절하셔. 잘못을 해도 부드럽게 말씀하시고, 숙제를 안 해도 차분히 야단을 치실 뿐 큰소리를 지르지 않아. 너도 당해봐서 알겠지만 우리 엄마는 한 성깔 하시잖아? 오죽했으면 초등학교 2학년 때 진수 어머니가 우리 엄마면 좋겠다고 기도를 했겠냐? (이건 엄마한테 비밀이다.)

진수 아버지는 우리 아빠와 다를 바 없었어. 금융 쪽에서 일을 하셨는데 집에 들어오는 시간이 늘 밤 10시가 넘었다고 해. 주말에도 툭하면 일하러 나가거나, 회사 모임에 불려 나갔고. 엇비슷한 아빠를 둔 탓에 우리는 서로 잘 어울렸어. 그러다 진수 아버지가 회사에서 잘렸어. 이름은 거창하게 명예퇴직인데 말이 좋아 명예로운 퇴직이지, 속은 강제퇴직이나 마찬가지래. 진수 아버지는 온 삶을 회사에 바쳤지만, 회사는 그런 진수 아버지를 가차 없이 잘라버렸어. 회사에서 잘린 진수 아버지는 잠시 쉬다가 장사를 했어. 꽤 괜찮은 곳에 가게를 차렸어. 처음엔 가게가 아주 잘 됐대. 어차피 일이야 늘 밤늦게까지 했으므로 생활은 그대로였어.

위기는 몇 해 뒤에 찾아왔어. 똑같은 상품을 파는 가게가 진수네 바로 옆으로 들어선 거야. 더더구나 그 가게는 우리나라에서 내로라하는 기업이 운영하는 가게였어. 처음엔 어떻게든 버티려고 했지만 작은 골목 상인이 대기업을 이길 수는 없었지. 진수 아버지는 빚만 잔뜩 지고 가게를 접었고, 진수네는 아파트도 팔고 좁은 빌라로 이사를 갔어. 그때부터 진수네 집엔 한 번도 놀러 간 적이 없어. 내가 자기 집에 가는 걸 진수가 꺼려했거든. 그 뒤로 진수 어머니를 본 적도 없고, 진수 아버지가 무슨 일을 하는지도 몰랐지만, 우울한 얼굴빛을 한 진수를 보며 어렵게 살고 있을 거라는 짐작만 할 뿐이었지.

그러다 그 일을 겪은 건 중학교 2학년 여름방학 때야. 운동화를 사려고 마트에 가서 신발을 고르고 있는데, 멀리서 누가 야단치는 소리가 들리는 거야. 처음엔 그냥 안 들은 척 하고 신발을 고르려고 했는데 들리는 말이 굉장히 거슬렸어. 나는 신발을 내려놓고 소리가 나는 쪽으로 갔지. 마트 손님들은 들어가지 못하는 곳, 종업원들만 다니는 곳에서 양복을 입은 젊은 남자가 나이 지긋한 남성과, 판매원으로 보이는 여성을 나무라고 있었어. 양복 입은 젊은 남자는 험한 말을 쏟아냈는데 정말 귀에 거슬렸어. 말투는 더더욱 마음에 안 들었고. 그러다 얼핏 여성 판매원을 봤는데 얼굴이 낯익었어. 나는 여성 판매원 얼굴이 잘 보이는 쪽으로 옮긴 뒤에 낯익은 얼굴이 누군지 알아차렸는데, 놀랍게도 진수 어머니야!

양복 입은 젊은 남자는 사람이라면 도저히 입에 담기 어려운 욕을 진수 어머니와 나이 많은 남성에게 퍼부었고, 진수 어머니는 고개를 푹 숙이고 거듭 잘못했다고 말했어. 나이 많은 남성도 어쩔 줄 모르며 고개를 숙이다가 주머니에서 봉투를 꺼내더니 양복 입은 남자 주머니에 집어넣는 거야. 그때서야 양복 입은 젊은 남자는 이번 한 번만 봐 준다면서 으스대더니 문을 열고 나왔어. 그놈 얼굴을 보니 한 대

패주고 싶었지만, 그럴 수는 없어서 꾹 참았지. 이제 끝나려니 했는데 이번엔 나이 많은 남성이 진수 어머니를 나무라는 거야. 나이 많은 남성은 젊은 양복쟁이 못지않게 기분 나쁜 말들을 쏟아냈어.

나이 많은 남성이 조금 뒤 문을 열고 나왔고, 진수 어머니는 천장을 한 번 올려보더니 머리를 매만지고는 문 쪽으로 몸을 틀었어. 나는 재빨리 다른 곳으로 피했지. 도저히 얼굴을 마주 볼 용기가 나지 않았으니까. 나는 신발도 사지 않고 마트 밖으로 도망치듯 나왔는데, 마트를 벗어나자마자 나도 모르게 눈물이 주르륵 흐르더라. 가슴이 미어졌고, 슬픔이 복받쳐 미쳐버릴 듯했어. 우리 엄마가 되기를 바랐던 진수 어머니가, 어릴 때 그렇게 나에게 잘해주던 친구 엄마가, 세상에서 가장 간식을 잘 만드는 분이, 도대체 얼마나 큰 잘못을 저질렀기에 젊은 남자에게 욕을 듣고, 나이 많은 남자에게서 망하면 책임질 거냐는 소리를 들으며 인격 모독을 당해야 하는 걸까? 뭔 잘못을 했다고 사람이 사람을 저렇게 마구잡이로 짓밟을까? 도대체 왜? 같은 사람으로서 저래도 되는 걸까?

다음 날 나는 마트에 다시 가 보았어. 알고 보니 진수 어머니는 마트에 들어온 업체에 고용된 비정규직 판매원이었어. 우리는 마트 안에 있는 가게들이 모두 마트 소속이라고 믿지만 그렇지 않더라. 마트는 공간을 내주고 업체에게서 돈을 받아. 나이 많은 남성은 마트에 들어온 작은 업체 사장이고, 양복 입은 젊은 남자는 마트 관리 직원이었어. 진수 어머니는 작은 업체에서 고용한 비정규직 판매원이었고. 마트 관리 직원은 작은 업체 사장보다 힘이 쎄. 언제든지 트집을 잡아서 내쫓을 수 있고, 계약 기간이 끝나고 계약을 다시 맺지 않으면 작은 업체는 그냥 쫓겨나. 그러니 작은 업체 사장은 무조건 관리 직원에게 잘못했다고 빌 수밖에 없어. 진수 어머니는 힘없는 작은 업체에 고용된 비정규직 판매원이야.

그러니 얼마나 힘이 없는 자리니? 세상에서 가장 힘없는 자리, 위에서 내리 누르면 꿈틀대지도 못하고 굴복해야 하는 자리, 사람이라면 차마 견디기 힘든 모욕도 당연하게 받아들여야 하는 자리, 바로 그 자리에 선 사람이 진수 어머니였어. 마트 입점 업체 비정규직 여성 판매원, 세상에서 가장 아래에 자리한 사람, 그 사람이 하필이면 진수 어머니라니~!

* * *

내가 존경했던 영어 선생님도, 내가 우리 엄마면 좋겠다고 바랐던 진수 어머니도, 모두 비정규직이 되어 사람으로서 견디기 힘든 괴로움을 겪었어. 두 번에 걸친 충격은 나를 몹시 힘들게 했지. 그건 그냥 단순한 충격이 아니야. 왜냐하면 내 꿈은 CEO니까. 그런데 예은아, 오빠가 CEO가 되면 우리 회사에도 비정규직을 두어야 할까? 비정규직을 안 두고 싶지만, 그러고도 다른 회사와 경쟁에서 이길 수 있을까? 다른 회사들은 쓸 일이 있으면 사람을 쓰고, 쓸 일이 없으면 자르면서 돈을 아낄 텐데, 우리 회사만 모든 직원을 정규직으로 고용하면 돈을 아끼며 운영하는 기업에게 뒤처지지는 않을까? 아무리 고민해 봐도 딱히 뾰족한 답이 떠오르지는 않았어.

비정규직은 회사 돈은 아끼지만 사회에는 더 많은 돈을 부담하게 만들어. 쉽게 해고하고 비용도 아끼는 비정규직 때문에 회사는 돈을 벌지만, 비정규직이 늘면 사회가 져야할 부담이 늘어나. 해고된 비정규직, 힘들게 사는 비정규직도 이 사회에서 살아가야 하는데, 그 사람들이 제대로 살아가게 하려면 사회가 많은 돈을 써야 하기 때문이야. 그래서 비정규직이 많아지면 회사는 돈을 버는데 사회는 돈을 더 쓰게 되지. 이처럼 비정규직은 오직 회사에게만 이익을 줘. 환경오염 문제도 비정규직 문제와 엇비슷해. 회사가 환경을 깨끗하게 지키려면 돈을 써야 해. 오염물질을 잘 관리해야 하고, 공기나 물을 제대로 정화하는 시설도 갖추어야지. 그런 돈을 아끼려고 회사가 오염물질을 몰래 내보내면 어떻게 될까? 회사야 이익을 보겠지만 자연은 오염되고, 그 때문에 사회는 큰 피해를 입어.

그래서 오빠는 우리나라에 있는 모든 기업들이 비정규직을 못 쓰게 하는 법이 있으면 좋겠어. 비정규직을 아예 못쓰게 하기 어렵다면 비정규직을 아주 적게 고용하도록 하고, 고용하더라도 임금과 근로조건은 정규직과 똑같이 하는 법이라도 있어야 된다고 봐. 법으로 딱 정해 두면 내가 이런 고민을 하지 않아도 되는데 말이야. 내 바람이 이뤄지긴 힘들다는 걸 나도 알아. 기업들은 조금이라도 돈을 아끼려고 하고, 비정규직은 기업이 돈을 아끼는 더없이 좋은 방법이며, 권력자들은 대개 힘없는 비정규직 편이 아니라 힘이 센 기업 편이니까.

비정규직에 대해 고민하면서 나는 처음엔 CEO란 꿈을 접어야 하나 생각했어. 남을 불행하게 한 뒤에야 내가 행복하다면, 사회에 큰 피해를 주어야 내가 이익을 본다면, 그 행복과 이익은 도둑질이나 다름없으니까. 다른 사람을 시궁창에 몰아넣은 뒤에야 내가 바라는 바를 이룰 수 있다면 그런 목표 따위는 쓰레기통에 처박아 버려야 해. 나는 도둑이 되기 싫거든. 그래서 마음먹었지. 내가 CEO가 되어 비정규직을 단 한 명도 쓰지 않는 회사를 운영하겠다고. 그냥 CEO가 아니라, 비정규직을 단 한 명도 쓰지 않고도 성공하는 기업을 만들겠다는 꿈, 바로 이것이야말로 진짜 꿈이라고 부를 만하다고 생각했지. 내 꿈은 그렇게 태어났어. 나는 그냥 CEO를 꿈꾸지 않아. CEO는 누구나 세울 수 있는 목표지만, 비정규직을 한 명도 쓰지 않은 CEO는 그야말로 꿈이지. 이루기 어렵지만 이루고 나면 뿌듯한 꿈! 꿈이란 낱말은 이럴 때 써야 하는 거야.

편하고 안정된 직장생활을 하겠다는 생각으로만 9급 공무원이 되고 싶다면, 거기에는 '꿈'이라는 단어는 어울리지 않아. 그건 그냥 목표야. 아빠처럼 바쁘게 쫓기며 살고 싶지 않은 마음에서, 아주 우연한 기회에 붙잡은 끈이지. 그 끈은 간절해. 그 끈을 잡은 손아귀엔 힘이 가득해. 물에 빠져 죽지 않으려는 사람이 붙잡는 끈처럼. 그렇다고 해서 그 끈을 꿈이라고 부르진 않아. 그냥 살고 싶다는 몸부림일 뿐이지. 꿈은 목표와 달라. 꿈에는 멋진 가치가 담겨야 한다고 생각해. 그러니 그냥 직업은 꿈일 수 없어. 비정규직은 단 한 명도 없이 모든 직원들이 인간다운 대접을 받는 회사를 운영하는 CEO, 그것이 내 꿈이 되었어. 그것이야말로 참된 내 꿈이야. 그 꿈을 이루기가 얼마나 어려운지 알게 되었지만 그렇다고 그만둘 생각은 없어. 시간이 갈수록 내 뜻은 점점 더 굳세져 가!

예은아!

어제는 미세먼지로 하늘이 흐려진 탓에 기분도 꿀꿀했는데, 오늘은 더없이 맑고 높은 하늘 덕분에 고개만 들어도 저절로 기분이 좋아. 너도 힘들 때 하늘 한 번 올려다보렴. 물론 우리 사회가 땅을 쳐다보고 살 수밖에 없게 만들지만, 그래도 우리는 꿈을 꾸며 살아야 할 나이야! 꿈을 꿈답게 꾸자!

오빠에게

내가 9급 공무원이 되겠다고 하고, 공무원 시험 준비를 하려고 책도 한 권 사긴 했어. 그렇다고 내가 다른 꿈은 다 접고, 9급 공무원을 꼭 하겠다고 마음먹지는 않았어. 오빠도 알듯이 나는 계속 꿈이 바뀌어 왔잖아. (ㅋ.ㅋ) 물론 9급 공무원이 내가 세운 목표 가운데 가장 앞자리에 올라있기는 해. 그렇다고 바위처럼 굳세진 않아. 언제 바뀔지는 나도 몰라. 아무튼 지금은 9급 공무원이 가장 윗자리야. 그냥 그럴 뿐이야.

오늘은 학교에서 직업 체험을 하고 왔어. 어디 갔는지 알아? 그 이름도 무시무시한 인체해부실이야! 으으으윽. 떠올리기만 해도 무섭지? (ㅎ.ㅎ;) 안 무서운 척 하고 싶지만 그럴 수가 없네. 정말 엄청 무서웠거든.

자유학기제라서 우리는 종종 직업 체험을 나가는데 이번에는 대학병원으로 가게 되었어. 거기서 여러 가지 체험도 하고 강의도 듣다가 마지막으로 간 곳이 인체해부실이었는데, 대학생 언니 오빠들이 진짜 인

체를 두고, 그러니까 시체 말이야, 시체를 두고 해부하는 모습을 지켜봤는데, 무서워서 혼났어. 같이 갔던 애들 가운데 어떤 애는 울기도 했고. 나는 아무래도 이런 일은 못하겠어. 사람 아프고, 다치고, 죽는 모습을 지켜보면 무서워. 더구나 시체라니~! 진짜 적성에 안 맞아.

그렇게 오싹한 일을 겪고 돌아와서 오빠 편지를 읽는데, 인체해부실보다 더 무서웠어. 부풀려서 하는 말이 아니야. 정말 편지를 읽는 내내 무서워서 죽는 줄 알았어. 누구도 비정규직이 되고 싶지 않을 거야. 똑같은 일을 하는데도 돈도 적게 받고, 윗사람한테 구박당하고, 언제 잘릴지 몰라 걱정하고, 늘 내일을 불안해하며 지내야 하는 삶, 그냥 떠올리기만 해도 끔찍해. 몇 명이 그렇다면 모르지만, 회사에 들어간 사람 가운데 엄청나게 많은 사람이 그러고 살아야 하잖아. 나도 그렇게 될까 봐 정말 끔찍하고 무서워. 오빠 편지 읽고 나니까 더더욱 9급 공무원이 좋은 직업이란 생각이 들더라고.

마트에 가서 종종 물건을 사지만, 그곳에서 일하는 분들이 비정규직이란 생각은 한 번도 못해봤어. 다들 마트에 속해서 월급 받으며 일하는 직원이라고만 생각했지 그 안에 정규직과 비정규직, 거기에 계약업체와 계약업체에 고용된 비정규직이 뒤섞여 있다는 사실은 정말 몰랐어. 앞으로 마트에 가서 그분들을 보면 가슴이 아플 거야.

학교에도 비정규직이 있다는 말은 처음 들었어. 학교 안에 오빠가 말하듯이 그렇게 많은 비정규직이 있을 줄은 꿈에도 몰랐어. 앞으로 나도 삐딱한 눈으로 비정규직 선생님이나 직원들을 보게 되지 않을까 걱정이야.

오빠!

며칠 전 도덕 수업에서 인간존엄성에 대해서 배웠어. 인간존엄성은 민주주의 뿌리이며, 사회가 좇아야 할 으뜸 가치라고 했어. 사람 아래 사람 없고 사람 위에 사람이 없다는 말도 배웠어. 자유와 평등에 대해서도 자세히 알게 되었는데, 자유와 평등은 인간존엄성을 이루는 밑바탕이래.

수업 때 선생님이 우리에게 물었어.

"너희들은 평등이 뭐라고 생각하니?"

"서로 똑같은 거요."

내 짝꿍 민준이가 씩씩하게 대답했지.

"아니야. 그건 평등이 아니야. 평등이란 다른 걸 다르다고 말하는 거야. 사람은 다 달라. 그러니까 평등은 다 다른 사람을 위 아래로 나누지 않고, 다름을 있는 그대로 두고 보는 자세를 말해. 우리는 다 다르기 때문에 평등해."

다르기 때문에 평등하다니, 생각지도 못한 말이어서 가슴이 크게 울렸어.

선생님은 그 뒤에 자유에 대해서도 물었고, 우리들은 떠오르는 대로 대답했지.

"내 멋대로 하는 거요."

"강요받지 않는 거요."

"하고 싶은 대로 하는 거요."

애들이 여기저기서 쏟아지는 말을 다 들은 뒤에 선생님이 말씀하셨어.

"대부분 자유라고 하면 강요받지 않고 내 멋대로 할 자유를 떠올리는데, 그런 자유도 있지만 더 중요한 자유가 있어. 바로 무엇을 할 자유야. 우리에겐 정치에 참여할 자유, 문화를 누릴 자유, 행복할 자유, 사랑을 나눌 자유가 있어. 그러려면 그만한 사회제도와 돈이 뒷받침되어야 한단다."

"선생님이 말씀 하시는 자유는 자유라기보다는 권리처럼 들리는데요."

내가 물었어.

"예은이가 아주 잘 지적했어. 맞아. 우리에게 자유란 바로 권리야. 행복할 권리, 사랑을 나눌 권리, 정치에 참여할 권리, 문화를 누릴 권리! 권리는 의무이기도 해. 사람은 민주주의 정치에 참여할 의무가 있고, 건강한 문화를 만들 의무가 있으며, 행복하게 살 의무가 있고, 사랑을 나눌 의무가 있어. 그러니까 자유는 권리면서 의무야! 우린 자유롭게 살 권리가 있고, 또한 의무가 있어. 그러니까 자유에서 도망치면 안 돼. 우리가 자유를 누리도록 국가는 사회제도를 잘 갖춰야 할 책임이 있어."

나는 도덕 선생님을 참 좋아해. 보통 도덕 선생님들은 고리타분한데 우리 도덕 선생님은 아주 자유롭게 열린 분이거든. 오빠 편지를 받고 보니 그 도덕 선생님이 비정규직이 아닐까 걱정스럽네. 그러면 안 되는데.

도덕 선생님 말씀과 오빠 말을 모아서 생각해 보면, 비정규직은 자유롭지 못해. 비정규직은 자유롭게 살 권리를 제대로 누리지 못하고 살아. 도덕 선생님 말씀대로라면 이는 사회제도가 잘못 된 거야. 같은 사람끼리 위와 아래로 나눠 차별하는 일은 평등이 아니야. 자유롭지도, 평등하지도 못한 비정규직은 인간존엄성을 제대로 보호받지 못하며 사는 거야.

아무래도 사회를 바꿔야 할까 봐. 내가 정치를 할까? 정치인이 돼서 비정규직 같은 나쁜 제도를 싹 바꿔버릴까? 반장 선거에도 떨어진 내가 정치인이 되겠다니 조금 우습기는 하다. 참, 오빠가 진수 오빠네 엄마를 우리 엄마로 삼고 싶어 했다는 이야기를 엄마에게 일러바치지는 않을게. 비밀인데, 나도 야단을 심하게 맞을 때면 다른 엄마가 우리 엄마이길 바랄 때도 있어. 그러니까 우리는 공범이야. (ㅎ_ㅎ;)

아, 참! 비정규직이 한 명도 없는 회사를 운영하는 CEO, 아무나 흉내 낼 수 없는 아주 아름다운 꿈이야. 역시 우리 오빠는 멋져!

03

잠든 꿈이 사라진 삶은 슬프지 않을까?

생각나무가 무럭무럭 크는 예은이에게!

네가 쓴 편지를 읽고 나니 내 걱정이 조금은 덜어지는 기분이야. 네가 아무 생각 없이 그냥 신문기사 대충 읽고 편하다고 하니까 9급 공무원 되려는 줄 알고 걱정 많이 했거든. 요즘은 참 생각 없는 애들이 많아. 우리 학교에도 그런 애들이 널렸어. 그런 애들을 볼 때마다 참 걱정이야. 도대체 어찌 살려고 저러나 싶어. 뭐 내가 걱정한다고 될 일은 아니지만 말이야. 내 동생은 내 걱정과 달리 고민도 하고, 생각도 깊은 듯해서 마음이 놓여. 참 다행이다 싶고.

예은아!

오빠는 내가 가장 좋아했고 존경하는 영어 선생님이 눈시울을 붉

히며 토해낸 말씀이 몇 년이 지난 지금도 가끔 떠오르고, 그럴 때마다 가슴이 먹먹해.

"나는 학생을 가르치는 선생님으로 학교에 가고 싶어. 그렇지만 나는 언제나 돈을 벌기 위해 학교에 갔어. 그게 얼마나 괴로운 일인지 넌 아니? 선생이라는 자부심은 없고, 먹고 살려고, 돈을 벌려고 학교에 나가서, 정규직 교사 눈치 보고, 애들 눈치 보고, 학부모 눈치 보면서 사는 삶이라니……, 그 모욕감, 그 처절함, 그게 뭔지 넌 아니?"

학생을 가르치는 선생님이 아니라 먹고 살려고 어쩔 수 없이 학교에 가는 괴로움이라니……, 우리 아빠도 그럴까? 먹고 살려니 어쩔 수 없이 이른 아침부터 저녁 늦게까지 붙잡아 두는 회사에 다니는 걸까? 수없이 많은 사람들이 어쩔 수 없이 괴로움을 짊어지고서, 피할 수 없기에, 그저 목숨을 지키려고, 마치 노예처럼 살아가는 걸까? 나도 어른이 되면 그런 노예가 되고 말까?

"준혁아, 나도 좋은 선생님이 되고 싶었단다. 그렇지만 나는 가르치는 일로 돈을 버는 사람일 뿐이야. 내가 어떤 자리에 서 있는지 깨달을 때마다 못 견디게 괴로워. 물론 너희들을 만나 교실에서 신나게 가르칠 때는 잠깐 잊기도 해. 그때는 정말 즐거워. 너와 같은 애들이 나를 좋아해 줄 때마다, 학생들 실력이 쑥쑥 올라갈 때마다 그렇게 뿌듯할 수가 없어. 그때 나는 내가 그렇게도 바라던 자랑스럽고 존경받는 선생님이니까! 그러다가도 동료 교사가 하는 작은 부탁도 거절하지 못하는 나를 볼 때, 학부모 전화 한 통에 절절 매는 나를 볼 때, 교감이나 교장선생님이 부르면 걱정부터 앞서는 나를 볼 때, 걱정과 불안과 눈치 보기가 몸에 밴 나를 마주할 때마다, 나는 내가 선생님이 아니라 돈벌이를 하려고 학교에 오는 사람임을 뼈저리게 느낀단다."

모든 선생님은 좋은 선생님이 되기를 꿈꾸고, 그것은 학생들의 존경을 받을 때 가능한 일이야. 하지만 비정규직이라는 신분은 좋은 선생님도 학생들에게 존경받는 선생님도 될 수 없게 만들어. 게다가 불안하기 짝이 없는 비정규직 교사여서 수입도 안정적이지 않아. 앞선 편지에서도 말했지만 직업은 꿈이 아니야. 직업은 그저 돈벌이일 뿐이야. 선생님은 학생을 가르치고, 돈을 벌어. 여기서 가르침이 빠지고 돈벌이만 남으면 너무 끔찍하지 않을까? 돈벌이만 남은 직업은 행복과 영영 멀어지게 되지. 네가 되려는 9급 공무원도 다르지 않아. 그냥 돈벌이로만 9급 공무원 생활을 하면 그런 삶에는 행복이 깃들기가 어려워. 어쩌면 지옥이 될 수도 있지.

돈벌이가 뒷받침되지 않는 직업도 돈벌이만 남은 직업과 마찬가지로 끔찍해. 돈벌이가 흔들리면 꿈도 흔들려. 만약 영어 선생님이 정규직 교사여서 돈벌이가 불안하지 않다면 영어 선생님은 스스로 꿈꾸었던 진짜 멋진 선생님이 되었을 거야. 그만한 인품과 재주를 지니신 분이니까. 만약 그랬다면 나는 세상에서 훌륭한 선생님을 평생 가슴에 품고 존경하며 살게 되었을 테고.

* * *

너도 알다시피 내겐 중학교 2학년 가을 때부터 사귄 세빈이라는 여자친구가 있어. 세빈이는 참 똑똑하고 공부도 잘해. 아무리 성적이 떨어져도 전교 3등 안에 들만큼. 세빈이는 공부를 하면 딴 짓을 안 해. 전화가 와도 모를 만큼 깊이 파고들어. 수학을 풀다가 막히면 밤을 지새우면서 풀기도 하고, 궁금한 과학 지식을 알려고 외국 대학 교수에게 메일을 보내기도 해. 학교 공부와 아무런 상관이 없는 책들이 책꽂이에 빼곡하지. 세빈이와 이야기를 나누다보면 도대체 모르는 게 뭘까 궁금할 정도야.

세빈이가 워낙 공부를 잘하니까 내가 모르는 게 있으면 세빈이에게 종종 물어 봐. 그럴 때마다 얼마나 구박을 하는지 몰라. 조금 설명을 하다가 알아듣지 못하면 괜히 깔보기도 해. 세빈이가 생각하기에는 누구나 알고 있어야 할 지식이라고 여기나 봐. 여러 번 그런 일을 당해서 한 번은 내가 잘 아는 어려운 경제 문제를 물어보면서 구박을 해 보려고 했는데, 미꾸라지처럼 쑥 빠져 나가버리더라. 에효, 아무튼 세빈이 똑똑하지만 가르치는 재주는 별로야.

그런 세빈이가 가려는 대학이 교육대학이야. 초등학생을 가르치는 선생님이 되려는 건데, 아무리 따져 봐도 세빈이에게는 맞지 않아. 앞서 말했듯이 세빈이는 배우는 재주는 뛰어나지만 남을 가르치는 재주는 떨어지거든. 특히나 지식이 자기 기준에 미치지 못하는 사람은 더더욱 못 가르쳐. 그러는 세빈이가 초등학교 선생님을 잘 할 수 있을까? 내 어림으로는 세빈이가 이제 막 배우는 길에 들어선 어린이들을 가르치다가는 속병이 나거나, 부아가 치밀어 날마다 애들에게 소리를 지를 거야. 세빈이는 깊이 파고드는 재주가 많아. 수학과 과학을 좋아하고, 아주 잘해. 내가 보기엔 수학 과학 쪽으로 연구를 하거나, 학문을 하면 딱이야.

"너한테 맞는 일을 해야지. 네가 초등학교 선생님을 하겠다니, 애들 완전히 잡겠군."

한 번은 내가 세빈에게 빈정거리며 말했어.

화를 낼 줄 알았는데 세빈이는 한숨만 푹 쉬는 거야.

"나도 알아. 그렇지만 뭐 어쩌겠어. 엄마아빠 말이 맞는데."

"엄마아빠가 뭐라고 하셨는데?"

"여자에게 가장 안정된 직장이 초등학교 교사라고 하셨어. 그러면서 사촌 언니 얘기를 해주는데, 사촌 언니가 S대 다음가는 대학이랑 교대에 모두 붙었는데 교대를 골랐다고 하시는 거야. 그만큼 요즘은 초등학교 선생님이 가장 낫다면서, 적성 따지지 말고 교대에 가래."

"말이 안 나온다, 진짜!"

조금만 성질을 건드려도 따지고 들던 세빈이가 그날은 한숨만 몇 번씩 쉬더라.

"그러니까 너는 애들을 잘 가르치러 초등학교 교사가 되고 싶은 게 아니라, 그냥 잘리지 않고 평생 돈을 벌 직업으로 초등학교 교사를 고르겠다는 거잖아. 그게 옳다고 생각하니?"

"나도 옳지 않은 거 알아. 그래도 어쩌겠어. 요즘 같은 세상에서 적성대로, 좋아하는 마음 따라 대학 갔다가 인생 꼬인 사람 얼마나 많은데……."

"비겁해."

"비겁하지만 어쩌겠어. 나도 그러고 싶진 않지만 엄마아빠 말이 맞는 걸."

"그래도, 넌 세빈이잖아! 수학과 과학을 엄청 잘하는, 장래에 멋진 과학자가 되는 게 꿈이었던 조세빈!"

답답한 마음에 큰소리가 나오고 말았어.

"그만해. 나는 뭐 그러고 싶겠니?"

세빈이는 버럭 소리를 지르고 가 버렸어.

한동안 서로 서먹서먹하게 지내다가 겨우 다시 가까워졌지. 그 뒤로 다시는 세빈이에게 그 이야기를 꺼내지 않았어. 내 꿈에 관한 이야기도 세빈이에게 하지 않게 되었고.

세빈이 친구 가운데 나랑 친하게 지내는 민주와도 비슷한 일이 있었어. 민주도 세빈이처럼은 아니지만 나름 공부를 꽤 잘하는 애야. 고집스럽지 않고 됨됨이가 맑고 밝아서 같이 이야기를 나누면 죽이 잘 맞지. 어느 날 민주에게 세빈이 이야기를 꺼냈어.

"세빈이가 적성에 맞지도 않고 흥미도 별로 없는 초등학교 교사가 되고 싶대. 야, 그게 말이 되냐? 다른 애들 가르칠 때 툭하면 소리 지르고, 못한다고 구박하는 애가, 공부는 잘하지만 가르치는 재주라고는 눈곱만큼도 없는 애가 초등학교 애들을 가르친다니, 진짜 어이가 없지 않냐?"

나는 민주가 내 말에 호응해주기를 바랐지만, 아니었어.

"그게 뭐 어때서? 공부 좀 한다는 여자애들 치고 초등학교 교사 한 번쯤 생각해보지 않은 애들이 어디 있냐? 너도 세상이 어떤지 잘 알면서, 세빈이한테만 원칙 지키라고 하지 마. 그것도 따지고 보면 폭력이야."

"적성에 맞고 좋아하는 일 하라는 이야기가 어떻게 폭력이냐?"

"원칙대로 산다고 모두 잘 살지는 않아."

"어이구, 정말 너까지 왜 이러냐? 그나저나 그럼 넌 뭐 되려고 하는데?"

"나? 나는 간호사."

"네가, 간호사? 진짜? 헐~!"

민주가 간호사가 되겠다니 난 헛웃음만 나왔어.

민주는 꼼꼼하지 않아. 정말 털털해. 간호사는 꼼꼼해야 하잖아. 아무리 따져 봐도 민주 됨됨이에 간호사는 어울리지 않아. 더군다나 민주는 피를 무서워해. 생물이나 화학 과목을 좋아하지도 않고. 그런 애가 간호사가 되겠다니.

"그렇게 한심한 눈빛 하지 마. 내가 세빈이처럼 공부를 잘하면 나도 초등학교 교사가 되겠다고 하겠지만, 내가 세빈이보다는 못하잖아. 그나마 간호학과는 교대보다는 성적이 낮아도 갈 수가 있어. 물론 간호학과도 쉽지는 않지만."

"너는 무서워서 피도 잘 못 보잖아."

"자꾸 보면 괜찮아지겠지."

"네 됨됨이에 안 맞는 일을 날마다 해야 하는데, 힘들지 않겠냐?"

"돈도 제대로 못 받는 직업보다는 훨씬 나아. 물론 백수보단 더할 나위 없이 좋고."

"사람이 제 몸에 맞는 옷을 입어야지. 안 맞는 옷 입고 살면 탈난다."

"알몸보다는 낫잖아?"

뭐라고 해도 민주는 밀리지 않았어. 어떻게 해도 말이 통하지 않아서 나도 모르게 고개를 도리도리 흔들며 혀를 끌끌 찼지. 그랬더니 민주가 정색을 하며 쏘아붙였어.

"너는 지나치게 이상만 높아. 말로는 네가 옳아. 그렇지만 현실을 봐야지. 너는 나랑 세빈이를 한심스럽게 여기지만, 나는 네가 걱정스러워. 너는 이상만 높아. 모든 노동자를 정규직으로 쓰고, 쉴 시간 다 주고, 여유롭게 지내는 직장, 말은 좋지만, 그런 회사가 살아남겠니? 차라리 그러려면 사업을 하지 말고 자선사업을 해."

"걱정 마, 나는 너처럼 겁쟁이가 아니니까."

흠, 이 말은 아무래도 하면 안 됐는데, 툭 내뱉고 말았어. 내 속도 많이 꼬였나 봐. 민주는 뒨통 삐져서 가버렸어. 그 뒤로는 나와 눈도 마주치지 않더라.

"네가 먼저 민주한테 잘못했다고 말해."

보다 못한 세빈이가 끼어들었어.

"내가 왜? 민주가 먼저 날 깠는데."

"네가 자꾸 민주한테 뭐라고 하니까 그렇지."

"내가 틀린 말을 하지도 않았는데 뭐. 돈만 보고 잘하지도, 좋아하지도 않는 일을 해야 되겠니?"

"너는 네 말만 맞다고 생각하니?"

"당연히 맞지."

내가 고집을 꺾지 않으니 세빈이는 눈빛을 달리 하더니 따지고 들었어.

"네 눈에는 나나 민주가 한심스러워 보일 거야. 내가 봐도 내가 어느 정도 한심하긴 해. 왜 내가 나와 맞지 않은 일을 하겠다고 발버둥을 쳐야 하는지, 내가 이러려고 공부하는지 괴롭기도 했어. 나도 고민을 많이 했고, 엄마와 아빠 말이 얼토당토않다고 여겼어. 엄마는 '초등학교 선생님은 월급 따박따박 나오고, 방학 때 길게 쉰다'면서, '그보다 나은 직업이 없다'고 했어. 처음 그 말을 들었을 때는 비웃었어. 그러다 깊이 따져보고는 달리 마음먹었어. 왜냐하면 안정된 월급과 긴 휴가는 네가 입에 달고 사는 좋은 직장이 갖추어야 할 으뜸 노동조건이기 때문이야. 너는 그런 회사를 만들겠다는 꿈을 꾸잖아. 나는 너처럼 그런 회사를 만들 재주도 용기도 없어. 그래서 좋은 노동조건을 갖춘 직장을 바랄 뿐이야. 아무리 좋은 뜻으로, 제 재주에 맞는 일을 하더라도 직장이 엉망이면 괴롭기만 해. 네가 늘 안타까워하는 영어 선생님도 좋아하는 일을 비정규직이라는 노동조건 때문에 제대로 하지도 못하시잖아. 민주라고 피 보는 일을 하고 싶겠니? 그렇지만 간호사만한 노동조건을 갖춘 직업을 찾기 어려운 현실에서, 민주가 할 수 있는 가장 나은 선택을 했을 뿐이야."

세빈이 말에 반박하려고 했는데, 가만히 헤아려보니 딱히 반박할 논리를 찾기 힘들었어. 일을 할 때 노동조건은 매우 중요하니까. 적성에 맞고 좋아하는 일이라도 노동조건이 좋지 않으면 일하기 힘들지. 영어 선생님이 딱 그랬고.

요즘 학교에선 남학생들이 차별을 당한다고 많이 투덜거려. 선생님들은 똑같은 잘못을 해도 여학생은 봐 주고, 남학생은 야단치는 경우가 많거든. 공부 잘하는 여학생들도 많은데다, 특히 수행평가에서는 여학생들이 더 꼼꼼하게 잘하기 때문에 성적에서도 밀려. 이러한 까닭에 학교에서는 여자가 남자보다 위라고, 여성상위시대라고 말하는 남자애들이 많아. 학교는 이렇지만 사회는 달라. 사회에서는 여전히 남성이 여성보다 높은 자리를 많이 차지해. 여성이 안정되게 일하는 직업이 그리 흔치 않아. 교사와 간호사, 공무원 정도겠지.

이런 생각이 들자 나는 바로 민주에게 사과했어. 그 뒤로 세빈이가 초등학교 교사를 목표로 공부해도 더는 트집을 잡지 않았고 적극 지지하기까지 했어. 그렇지만 나는 여전히 둘이 세운 목표가 바르다고 생각하진 않아. 노동조건을 으뜸에 두고 내린 판단이 틀렸다고 보기 때문은 아니야. 이미 말했듯이 노동조건은 으뜸으로 따져 봐야 해. 둘이 초등학교 교사와 간호사에 맞는 적성을 갖추지 않았기 때문도 아니야. 적성이 모자라도 부지런히 갈고 닦으면 모자란 적성은 채워져. 내가 틀렸다고 보는 까닭은 다른 데 있어.

예를 들어서 말할게. 의사가 되려는 학생들 가운데 터놓고 말해 돈을 많이 못 버는 직업이어도 의사가 되려 할까? 돈을 많이 못 벌어도 오직 목숨을 구하는 일을 귀하게 여겨 의사를 꿈꾸는 애들이 얼마나 될까? 따지고 보면 의사가 되려는 애들은 거의 다 돈을 으뜸으로 꼽아. 돈을 보고 의사가 되려는 거야. 아픈 몸을 고치려고 병원에 갔는데 의사가 아픈 사람을 돈벌이 대상으로만 여긴다면 그 의사가 제대로 된 의사라 할 수 있을까? 과연 아픈 사람이 의사가 하는 모든 말과 처방을 있는 그대로 믿을 수 있을까? 혹시 돈을 더 많이 벌려고 아프지도 않은데 아프다고 하고, 굳이 하지 않아도 되는 값비싼 검사를 하게 만들고, 굳이 하지 않아도 되는 치료까지 하는 건 아닐까? 의사에게도 돈은 있어야 하기에 돈 벌려고 일하는 의사가 못됐다고 여기진 않아. 그러나 돈을 으뜸으로 여기는 의사를 만난다면 환자에겐 크나큰 불행이야. 목숨과 건강이 걸린 일을 돈을 으뜸으로 여기는 의사에게 제 몸을 맡기고 싶은 환자가 있을까?

빵을 만드는 사람은 돈을 벌려고 빵을 만들지만 사람들이 맛나게 먹는 모습을 기쁘게 바라보는 마음으로도 빵을 만들어야 해. 빵 가게 주인이 돈만 보고 빵을 만든다면 그 빵을 어떻게 믿고 먹겠니? 나는 그런 빵집은 가기 싫어. 빵 만드는 사람은 빵으로 사람들에게 기쁨을 주겠다는 뜻이 있어야 해. 그래야 제대로 된 빵을 만들고, 그런 빵집은 믿고 갈 수 있지.

이처럼 직업은 돈이라는 목표 외에도 그 일로 사람들에게 도움이 되는 바를 생각하는 책임감이 있어야 해. 책임감 없는 사람들은 믿을 수가 없어. 돈을 앞세우는 의사에게 참된 의료를 기대할 수 없고, 돈만 벌려는 빵집 주인이 만든 빵은 믿고 먹을 수가 없고, 돈만 바라보는 법관에게 공정한 판결을 기대할 수 없으며, 돈과 권력만 바라보는 검사에게 공정한 수사를 기대할 수 없으며, 돈만 좇는 언론인에게 참 언론을 기대할 수 없으며, 안정된 직장만 바라보는 선생님들에게 제대로 된 교육을 기대하긴 어려울 거야.

예은아!

2014년 4월 16일, 세월호에서 제주도로 수학여행을 가던 많은 학생들이 죽었어. 배를 몰았던 선원들은 학생들에게 "가만히 있어라!" 하고는 자기들만 살겠다고 도망을 쳤어. 끝까지 남아 승객을 구한 선원들도 있었지만 많은 선원들이 자기들만 살겠다고 도망친 거야. 사람이니까 제 목숨을 소중하게 여겨서 도망치는 짓까지는 봐준다고 쳐. 그렇지만 아무리 그래도 그렇지 승객에겐 가만히 있으라고 하고는 자기들만 도망을 치다니, 어떻게 사람이 그런 짓을 할 수가 있어? 그들에겐 책임의식 따위는 깃털만큼도 없었어. 내 배에 탄 사람을 끝까지 지키겠다는 책임감, 배를 모는 선원으로서 지녀야 할 사명감 따위는 발가락 사이 때만큼도 없었어. 그들은 그냥 배를 모는 기능을 익혀서, 돈을 벌려는 목적으로만 배를 몰았을 뿐이야. 그러니 위급한 때에 제 목숨만 지키려고 도망을 쳤지.

세월호 사건은 단지 배에 있던 승무원들이 책임의식이 없었기에 생긴 문제만은 아니야. 그 큰 배를 모는 회사가 승객 안전을 위한 교육은 거의 한 적이 없었다고 해. 배에 실은 화물도 규정보다 많았고, 배 안전을 위해 꼭 지켜야 할 수많은 규칙도 지키지 않았어. 더구나 그 큰 배를 책임진 선장이 비정규직이었다고 해. 말이 되니? 승객 수백 명을 태운 배를 모는 선장이 비정규직이라니 말이야. 물론 비정규직이라고 책임의식이 낮으리라고 함부로 말해선 안 되지만, 아무리 그래도 그렇지 그 큰 배를 비정규직인 선장에게 맡기다니 정말 어처구니가 없어.

이런 어처구니없는 짓을 회사가 저지른 까닭은 바로 돈만 밝혔기 때문이야. 회사만 돈을 앞세우지 않았어. 정부도 세월호처럼 낡은 배를 몰도록 놔뒀어. 기업들이 돈을 더 많이 벌게 하려고 말이야. 더구나 관리감독도 제대로 하지 않았지. 관리감독을 제대로 하면 기업들이 돈을 써야 하니까, 규정을 지키지 않아도 대충 눈감아 준 거야. 돈만 밝히고, 돈만 앞세우는 사람들이 어디 세월호 승무원과 그 회사뿐일까?

사람이 다치거나 죽는 사고가 터질 때마다 뉴스에 빠지지 않고 나오는 낱말이 안전불감증이야. 안전불감증 때문에 사고가 일어났으며, 우리 사회 곳곳에 퍼진 안전불감증이 하루 빨리 사라져야 한다는 익숙한 해결책이 따라붙어. 뉴스를 보면 우리 사회에서 일어난 사고는 거의 다 안전불감증이 원인처럼 보여. 수많은 사건이 터지고, 수백 수천 명이 사고로 죽어가고, 뉴스가 나올 때마다 안전불감증을 꼬집어도 우리 사회 안전감수성은 늘 제자리야. 왜 수많은 사고를 겪으면서도 우리 사회 안전감수성은 이리도 낮을까?

아이를 키우는 엄마는 아이를 사랑하기에 안전감수성이 높아. 아이가 놀면 다칠 수도 있는 놀이터를 못 본 척 지나치지 않아. 아이가 먹으면 안 좋은 먹을거리도 그대로 두지 않지. 어떤 것도 아이 안전보다 앞서지 않기 때문이야. 만약 엄마가 아이보다 다른 것을 귀하게 여긴다면 아이 안전은 뒷전으로 밀리게 되고 잘못하면 아이가 다치는 일이 벌어지겠지. 이럴 때 우리는 엄마가 안전불감증에 빠졌다고 하지 않아. 엄마는 아이보다 다른 것을 귀하게 여겼고, 그 탓에 아이가 다치게 됐다고 봐야 해.

안전이란 사람을 먼저 생각하는 마음이야. 돈이나 일자리보다 사람을 앞세우는 자세야. 안전불감증이란 사람보다 다른 것을 귀하게 여기는 마음 때문이야. 안전불감증 때문에 사고가 일어났다는 말은 사람보다 다른 무엇을 귀하게 여겼다는 말이야. 그러나 뉴스에 나오는 안전불감증이란 낱말은 '안전에 무감각한 자세나 태도'를 가리키는 뜻으로만 비칠 뿐 사람보다 귀하게 여기는 것이 무엇인지 말해주지는 않아. 그냥 안전에 대한 감각이 무뎌서 사고가 일어났다고만 여기게 만들어. 사고가 일어난 까닭은 결코 안전 감각이 무뎌서가 아니야. 안전불감증은 사고가 일어난 원인이 아니라 결과야.

직업은 돈을 버는 수단이야. 그렇지만 직업은 '돈'만 버는 수단이 돼서는 절대 안 돼. 직업에서 돈만 바라본다면 우리는 그냥 돈을 버는 기계일 뿐이야. 돈만 벌려고 한다면 차라리 사람보다 인공지능기계(AI)가 더 낫지 않을까? 최소한 AI는 제 이익을 더 챙기려고 주어진 일을 게으르게 하거나, 나쁜 짓을 벌이지는 않을 테니까 말이야. 많은 어른들은 우리들에게 돈과 안정된 직장을 따지지 말고, 하고 싶은 일을 하라고 해. 좋아하는 일을 하라고 해. 나는 이 말이 맞긴 하지만 다 옳지는 않다고 생각해. 그분들 말에는 옳고 그름이 없어. 더 높이 좇아야 할 뜻이 없어. 그러니까 우리가 어떤 직업인이 될지 목표를 세울 때, 좋아하는 일과 밥 굶지 않을 일, 딱 그것만 고려한다면 비참하지 않냐? 사람이 그런 낮은 욕망에 사로잡혀 옴짝달싹 못하며 살아야 한다면, 그런 삶이 어떨지는 뻔해.

예은아!

오직 살아남기가 목표인 삶은 가시만 키우고 꽃은 없는 장미넝쿨과 다름없어. 꽃에 쏟을 힘을 아껴서 온 힘을 가시 키우기에 쏟아 붓는다면 장미넝쿨은 오래 살아남겠지만, 그렇게 가시만 무성하게 키워서 오래 살아남는다고 해서 그 삶이 무슨 가치가 있을까? 장미넝쿨에는 장미꽃이 피어야 해. 아니 꽃을 피우지 못하더라도 꽃을 피우려는 숭고한 꿈이 있어야 해. 숭고한 꿈이 사라지는 곳에 참 삶은 없어. 꿈이 사라진다면 우리는 숨은 쉬지만 삶은 없는 식물인간과 다름없을 거야.

그렇고 그런 직업인이 되겠다는 목표는 꿈이라고 부르기엔 너무 앙상해. 꿈은 그 안에 높은 뜻이 담겨야 해. 무엇이 되겠다고만 한다면 꿈이라고 부를 수 없어. 그 직업으로 무엇을 이룰지, 사회에 어떤 보탬이 될지, 어떤 직업인으로 살지 생각하지 않는다면 직업은 그냥 돈벌이에 그치고 말아. 그저 살아남으려고만 일을 한다면 단 한 번뿐인 삶이, 그리 길지도 않은 우리 삶이, 정말 아깝지 않을까? 참된 꿈이 사라진 삶은 슬프지 않을까?

아직 내가 어려서 지나치게 높은 꿈을 꾸었는지도 몰라. 현실을 제대로 몰라서 비정규직을 한 명도 두지 않고, 직원들은 저녁이 되면 집에 가서 식구들과 함께 보내는 기업을 만들겠다고 꿈꾸는 걸까? 그야말로 꿈같은 꿈인 걸까? 내 꿈은 망상일까? 내 꿈은 망상이 아니야. 드물기는 하지만 내가 꿈꾸는 회사가 몇 군데 있거든. 인터넷에서 찾았지. 이름만 대면 아는 미국 회사는 그야말로 꿈과 같았어. 회사 안에 멋진 식당과 놀이시설이 있고, 쉬고 싶을 때 쉬고, 일하고 싶을 때 일하고, 실패해도 잘리지 않고, 저녁이면 가족과 함께 보내도록 하는, 그야말로 내가 꿈꾸던 직장이었지. 우리나라도 그런 직장이 몇 군데 있었어. 그런 회사들을 찾아보면서 나는 내 꿈이 몽상이 아니라는 믿음이 단단해졌지.

예은아!

왜 9급 공무원이 되겠다는 네 꿈이 건강하지 못하고 위험하다고 하는지 이제 알겠니? 어쩔 수 없는 현실에서 목표가 싹 튼다고 해도 문제되지는 않아. 그렇지만 지위가 주는 편안함과 권위는 누리면서 그 지위가 져야할 책임과 의무를 생각하지 않는다면 아주 큰 문제가 생겨. 세월호를 다시 떠올려 봐. 평소에 우리는 배를 모는 선장을 그렇게 크고 무거운 책임을 진 사람이라 여기지 않아. 선장이라고 하면 월급이 얼마인지, 직장은 안정되어 있는지 따위밖에 관심이 없어. 그렇지만 세월호에서 사고가 났을 때 선장은 그 어떤 자리보다 무거운 책임을 떠맡게 되었어. 선원들도 마찬가지야. 평소에는 누구도 선원들이 그렇게 막중한 책임을 진 사람들이라고 여기지 않았지만, 사고가 났을 때 선원들이 진 책임은 304명 목숨이 달린 무게가 되어 버렸지. 많은 선원들이 무책임했지만, 몇몇 선원들은 목숨을 걸고 학생들과 승객들을 구했어. 그나마 그런 거룩한 선원들 때문에 목숨을 구한 이들이 늘었던 거야.

이런 일이 세월호에서만 특별하게 벌어진 일일까? 그렇지 않아. 그 어떤 곳에서, 그 어떤 사건이 일어날지 아무도 몰라. 아무렇지 않게 했던 책임이 세상을 구하기도 하고, 아무렇지 않게 벌인 무책임한

행동이 사람 목숨을 앗아가기도 해. 직업인이 된다는 말은, 일하는 대가로 돈을 받는다 함은, 그 누구에게 그만큼 책임을 지는 사람이 되어야 한다는 뜻이야. 내가 하고자 하는 일에 담긴 뜻을, 그 가치를 놓쳐버리고, 오직 돈만 본다면, 세상은 끔찍한 지옥이 될 거야. 너도 알다시피 우리 사회는 그런 지옥에 한 발 걸치고 있어. 헬조선이란 말 들어봤지? 한때는 비유였지만 이젠 진짜처럼 들리는 그 말, 헬조선은 바로 지위와 돈만 보고, 책임은 생각하지 않은 무수한 사람들 때문에 닥쳐온 비극이야.

예은아!

네가 9급 공무원을 꿈꿔도 좋아. 9급 공무원이 주는 안정감을 좇아도 좋아. 그렇지만 9급 공무원이 무슨 일을 하며, 9급 공무원이 어떤 책임이 있는 자리인지 생각하지 않고 무조건 안정적이어서 9급 공무원을 꿈꾸지는 않았으면 해. 9급 공무원이 된 이후에 생각해도 된다고? 말도 안 되는 소리 하지 마. 준비하지 않고 잘하는 사람은 거의 없다는 건 너도 잘 알잖아. 정의롭지 못한 마음으로 자리를 얻은 사람이, 자리를 얻은 뒤에 정의롭게 살기는 어려울 거야. 물론 간혹 그런 사람이 있기는 하지만, 아무래도 어렵지.

너도 그렇지만 요즘 애들과 얘기 해보면 꿈에 올바름이 없어. 정의롭지 않아. 돈을 많이 벌겠다는 욕심조차 없어. 그저 살아남으려는 애절함이 있을 뿐이야. 그나마 조금 나은 애들이 좋아하는 일을 하고 싶다는 소박한 몸부림을 치는 거지.

꿈은 정의로워야 해. 정의는 어려운 말이 아니야. 그냥 제가 맡은 자리에서, 제가 할 노릇을 제대로 하면 돼. 나는 나답게, 공무원은 공무원답게, 의사는 의사답게, 대통령은 대통령답게, 경영인은 경영인답게, 농부는 농부답게, 노동자는 노동자답게, 엄마는 엄마답게, 아빠는 아빠답게, 동생은 동생답게, 나는 나답게! '답다'는 말, 내가 참 좋아하는 낱말이야.

예은아!

9급 공무원이 되겠다면 9급 공무원다움이 무엇인지 깊이 헤아려 보렴. 9급 공무원다움을 네가 마음 깊이 받아들였을 때, 그렇게 살 자신이 있을 때, 그때 비로소 9급 공무원을 네 꿈으로 부를 수 있을 거야. 네가 그럴 각오가 되어 있다면, 그때는 내가 도울 수 있는 모든 힘을 다해 널 도울게.

오빠는 '다움'을 좋아하는구나. 나는 오빠가 '세빈'이 언니만 좋아하는 줄 알았는데.(ㅋ. ㅋ)

내가 누굴 좋아하는지는 알지? 내가 만날 오빠 귀에 대고 까불어댔으니 모를 리 없겠지. 이 편지에도 내가 좋아하는 아이돌 이야기를 끝도 없이 쏟아내고 싶지만, 일단 꾹 참을게. 아무튼~. 나는 아이돌Z를 참 좋아해. 공부 때문에 힘들다가도 아이돌Z 사진 몇 장만 보면 힘겨움이 사라지고, 공부할 힘이 막 솟구쳐. 아이돌Z만 보면 엔도르핀이 막 흘러 나와. 그렇게 좋아하는 아이돌Z지만 나는 다른 애들에게 아이돌Z를 좋아하라고 말하진 않아.

오빠 편지를 읽으면서 내가 겪은 일이 떠올라. 얼마 전 우리 반에서 아이돌Z 때문에 다툼이 벌어졌어. 내 친구 세아는 나 못지않게 아이돌Z를 엄청 좋아하는데, 같은 반에 있는 미연이는 아이돌A를 엄청 좋아해. 세아와 미연이는 친한 사이가 아니기에 말도 별로 섞지 않았어. 그러다 아주 우연한 일 때문에 일이 틀어졌어.

화장실에서 거울을 보며 화장을 고치던 미연이가 별 생각 없이 옆에

있던 애에게 툭 내뱉었어.

"야, Z있잖아, 걔네들 웃기지 않냐. 왜 우리 오빠들 따라하고 그래. 진짜 짜증나 죽겠어. 한두 번도 아니고 늘 따라해. 쪽팔린 줄도 모르고."

그때 마침 세아가 화장실에 들어왔어. 나 같으면 눈 한번 흘기고 말았겠지만, 세아는 그런 말을 그대로 넘길 애가 아니야.

"야, 황미연! 너 말이 좀 그렇다!"

세아가 따지고 들었지.

미연인 움찔했지만, 아무렇지 않은 척하며 세아를 째려봤어.

"사실인데 뭘."

"뭐가 사실이야? 억지지. 너 그 따위로 말할래?"

이렇게 돼서 둘이 크게 싸움이 붙었어. 옆에 애들이 안 말렸으면 서로 때리면서 싸웠을지도 몰라. 싸움은 어찌어찌해서 끝났는데 그 뒤에 미연이가 아이돌Z를 좋아하는 애들은 다 이상한 애들이라고 말하고 다니는 거야. 그 말을 다른 애들에게 전해 들었는데 어찌나 기분이 나쁘던지. 아무튼 그래서 아이돌Z를 좋아하는 애들은 모두 미연이를 싫어하게 됐어. 그래서 우리도 뒤에서 미연이를 헐뜯는 말을 하고 다녔지.

오빠!

내가 이 얘기를 하는 까닭은 요즘 애들이 좋고 싫음과 옳고 그름을 구분하지 않는다는 말을 하고 싶어서야. 오빠는 꿈을 세울 때 좋고 싫음이나, 노동조건뿐 아니라 옳음을 좇아야 한다고 거듭 말했는데, 요즘 우리 또래 애들은 뭐든지 좋고 싫음만 좇아. 싫음은 감정인데 싫은 애는 나쁜 애로 만들어 버려. 기분이 나쁘다고, 마음에 들지 않는다고 상대를 나쁜 애로 만들어서 마구 쳐 버려.

나도 이제까지 옳고 그름과 좋고 싫음을 제대로 구분하지 못했음을 고백할게. 내 꿈엔 정의가 없었어. 오빠가 말한 대로 나는 9급 공무원을 편안한 직업으로만 여겼어. 잘리지 않고, 오랫동안 일하고, 밤에는 집에서 쉴 수 있는 좋은 직업이라고만 생각했거든.

오빠 말처럼 9급 공무원다움이 무엇인지 깊이 생각해 볼게. 그리고 내가 정말로 9급 공무원다움을 실천할 힘이 있는지도 고민할게. 그러고서도 내가 9급 공무원을 하고 싶다면, 그때는 오빠에게 당당하게 말할게.

내 모자란 생각을 채워줘서 고마워. 내가 오빠 동생이어서 참 기뻐.

참~. 그나저나 세빈이 언니 본 지 오래됐네. 세빈이 언니한테 내가 보고 싶다고 전해 줘.

남들이 못했던 일을 맨 처음 하는 사람

아이돌 때문에 싸우다니, 여자애들 세상은 정말 모르겠다. 남자는 화성에서 오고, 여자는 금성에서 왔다는 말이 있는데, 정말 그런가 봐. 세빈이도 한 영화배우를 엄청 좋아해. 한 번은 그 영화배우가 나오는 영화를 보러갔는데, 아! 진짜! 정말! 괜히 영화 보러 갔다는 생각이 저절로 들더라. 영화를 보는 내내 눈빛이 반짝반짝 빛나면서 끊임없이 소리를 지르고, 보고 나서는 그 남자(!) 얘기만 하고……. 어휴, 그만하자. 넌 나중에 혹시라도 남자친구 사귀게 되면 아무리 네가 좋아하는 연예인이라 하더라도 남자친구 앞에서 좋아하는 티 지나치게 내지 마라. 정말~~~ 싫어ㅠ.ㅠ

예은아!

내가 너에게 경제 공부를 부지런히 해야 한다고 틈날 때마다 말했지? 그 어떤 직업이든 경제 공부는 제대로 해 둬야 좋아. 어쨌든 우리는 돈을 벌고 살아야 하니까. 네가 9급 공무원이 된다고 하더라도 마찬가지야. 어떤 일을 하더라도 경제를 모르면 제대로 기반을 잡기가 너무 힘들어. 그러니 너도 틈날 때마다 경제 공부를 해야 한다고 생각해. 아이돌이나 웹툰만 보지 말고. 알았지?

나는 CEO가 되고 싶었기에 경제 공부를 많이 했고, 경제 동아리 활동도 부지런히 했어. 그렇지만 내 경제 공부는 학교라는 테두리와 책에서 얻은 지식에만 갇혀 있기에 온실 속에서 크는 여린 꽃과 다를 바가 없었어. 내 꿈을 이야기하면 많은 애들이 이상은 좋은데 현실에선 어렵다고 말해. 남들이 말하지 않아도 나도 늘 그 점이 마음에 걸려. 내가 지나치게 이상만 좇지 않는지, 내가 이룰 수 없는 꿈을 꾸고 있지는 않는지……. 아무리 높은 뜻도 뒷받침할 굳센 용기와 뛰어난 재주가 없다면 모래로 지은 성과 다를 바가 없잖아.

나는 나를 시험하고 싶었어. 내가 과연 현실이라는 모진 바람에 부딪쳐서도 무너지지 않고 이겨낼 힘이 있는지. 내 꿈을 현실로 만들 재주가 내게 있는지. 중학교 3학년 1학기가 끝날 때쯤 내가 한 생각이야. 그래서 아르바이트를 해 보기로 마음먹었지.

너도 생각날지 모르지만, 여름방학을 앞두고 나는 엄마와 엄청 다퉜어.

"엄마, 여름방학 동안 아르바이트를 하고 싶어."

아르바이트란 낱말을 듣자마자 엄마는 단칼에 내 뜻을 내쳤어.

"너 지금 그게 말이 되는 소리라고 하는 거니? 지금이 얼마나 중요한 때인데 아르바이트를 해? 안 돼. 절대! 안 돼!"

엄마가 내 뜻을 쉽게 받아들이지 않으리라고 미리 어림하긴 했지만 생각보다 엄마는 아주 완강하게 나오셨어. 그렇다고 뒤로 물러설 내가 아니지.

"딱 한 달만 할게."

"한 달이 아니라 일주일도 안 돼. 너는 지금 아르바이트를 할 때가 아니야."

"왜 아르바이트를 하면 안 되는데?"

"몰라서 묻니? 지금은 공부를 해야지. 이제 곧 고등학교에 올라갈 텐데, 이 중요한 때에 아르바이트를 하면 어쩌려고?"

"학교 공부만 공부는 아니잖아. 무엇보다 나는 CEO가 되고 싶은데, 책이나 신문만 보고 하는 공부는 진짜 공부처럼 안 느껴져."

"학교에서 경제 동아리 활동하면서 장사도 해 봤잖아. 동아리를 주식회사처럼 운영도 해 봤고. 뭘 더해야 하는데?"

"그건 학교 안에서 친구들끼리 했던 일이라 소꿉놀이와 다를 바 없어. 진짜 경험이라고 할 수 없다고."

"아르바이트를 한다고 경제 공부가 되니? 그건 그냥 몸 고생이야."

"바로 그거야! 나는 몸 고생을 하고 싶어. 몸으로 겪는 공부보다 좋은 공부는 없어. 고등학생 되면 대학입시 때문에 할 수도 없잖아. 이제 내 나이도 만 15살이 돼서, 엄마만 허락하면 아르바이트를 해도 되니까 허락해 줘."

아르바이트를 하려면 만 열다섯이 넘어야 해. 그렇다고 내 뜻대로 하지는 못해. 만 열여덟 살까지는 부모님이 허락해 줘야 하고, 내가 의무교육을 받아야 하는 나이기에 다른 서류도 있어야 하지. 이래저래 엄마가 안 해주겠다고 하면 나로서는 아르바이트를 할 방법이 없어. 그러니까 어떻게든 엄마를 설득할 수밖에.

"다른 애들은 하루 한 시간도 아껴가며 공부하는데, 네가 한 달 동안 아르바이트를 하면 그만큼 뒤처지는 거잖아."

"한 달은 잠깐이야. 끝나고 나면 부지런히 공부할 테니까 걱정 마."

"한 달이 어떻게 잠깐이니? 엉뚱한 길로 나갈 생각 말고 공부에 힘을 쏟아. 그보다 중요한 일은 없어."

아무리 설득하려 했지만 엄마는 꿈쩍도 안했어. 말로는 되지 않겠다는 판단을 내렸지. 하는 수 없이 나는 실력 행사에 들어갔어.

"엄마가 그렇게 공부가 걱정이라서 아르바이트를 못하게 한다면, 그 걱정대로 해 줄게. 오늘부터 학원 안 갈 거야. 공부도 안 할 거고."

아주 못된 짓이었지만 그 방법 말고는 길이 없었어. 엄마는 처음에는 노발대발하며 나를 다그쳤지만 내가 사흘 동안 아무런 공부도 안 하고, 학원도 안 가버리자 마침내 두 손을 들고 말았지.

"좋아! 그렇게 하고 싶다면 해. 그 대신 조건이 있어. 내가 말한 조건을 지키겠다고 약속하면 아르바이트를 허락할게. 안 지키면 네가 학원을 다 끊고 공부 하나도 안 한다고 해도 절대 아르바이트를 허락해 줄 수 없어."

엄마가 안경을 치켜 올리고 팔짱을 끼며 말했어. 너도 알다시피 엄마가 안경을 만지고 팔짱을 낀 채 하는 말은 무조건 따라야 해. 안 그러면 전쟁이지.

"아르바이트는 딱 한 달만 해! 아르바이트를 한다고 다른 공부를 소홀히 하는 꼴은 못 보니까 아르바이트를 안 하는 시간에는 무조건 공부만 해. 아르바이트를 전혀 하지 않을 때 했을 만큼 공부해. 무엇보다도 지나치게 힘든 아르바이트나 위험한 아르바이트는 안 돼."

나는 엄마가 내세우는 조건을 다 지키겠다고 약속했어. 크게 잘못된 조건도 아니고, 엄마라면 내세울만하다고 생각했으니까.

이렇게 해서 나는 중학교 3학년 여름방학 때 아르바이트를 하게 됐어. 나는 이미 아르바이트를 할 곳을 알아봤기에 엄마가 허락한 다음날 서류를 준비해서 곧바로 아르바이트 자리를 얻으러 갔지. 모 패스트푸드 체인점이었는데, 엄마가 말한 대로 지나치게 힘들지도 않고 위험하지도 않는 아르바이트라고 판단했거든.

매장 매니저란 사람을 만나서 면접을 봤는데, 매니저는 나를 보자마자 얼마나 일할 거냐고 물었어.

"적어도 6개월은 꾸준히 일해야 돼."

한 달만 아르바이트 한다고 말하면 일을 못하게 되기에 하는 수 없이 거짓말을 했지.

"전 학교 공부도 안 해서 오래 일할 거예요. 돈을 모을 거거든요."

매니저는 내 답을 듣고 아주 흡족해 하더니, 곧바로 일하는 조건을 알려주었어.

"일하는 시간은 오후 3시부터 밤 10시까지 하루에 7시간이고, 일주일에 6일은 일해야 돼. 그럴 수 있겠니?"

나는 된다고 했지.

"시간당 임금은 최저임금이야. 급여는 2주일 일하고 15일째 되는 날 줄 거야. 괜찮지?"

안 괜찮을 까닭이 없고.

"좋아, 그럼 바로 내일부터 일하자. 내일은 이것저것 배워야 하니까 일단 2시까지 와."

그렇게 해서 아르바이트 자리를 얻게 되었지.

"근로계약서는 작성 안 하나요?"

내 말을 들은 매니저가 눈살을 가볍게 찌푸렸어.

"여기서 일하는 아르바이트생이 얼마나 많은데 한 명 한 명 다 근로계약서를 쓰겠냐? 어차피 일하는 조건이야 다들 같으니까 별도로 쓰지 않아도 돼."

"그래도……."

"서로 믿고 해야지."

매니저가 내 말 허리를 잘랐어.

나는 더는 따지지 않기로 했어. 그랬다간 그곳에서 아르바이트를 못할지도 모르니까. 웬만하면 방학으로 주어진 한 달을 꽉꽉 채워서 일하고 싶은데, 괜히 따지고 들었다가 여기서 아르바이트 자리를 얻지 못하면 다른 아르바이트를 알아보러 다니느라 며칠을 써야 하는데, 그러기는 싫으니까.

"겨우 만 열다섯이라 쓰기 꺼려지긴 하는데, 네가 성실해 보이고, 가정 형편도 안 좋은 듯해서 일을 시켜주는 거니까, 부지런히 해."

매니저는 내 어깨를 두드리며 말했어.

도대체 뭘 보고 가장 형편이 안 좋다고 생각하는지 어이가 없었지만 겉으로 드러내진 않았어.

* * *

아르바이트 첫날, 가자마자 일을 배웠는데 일은 그렇게 어렵지 않았어. 손님이 들어오면 인사하는 법, 주문을 받은 뒤 말하는 법, 계산을 하는 법, 음식을 만드는 법을 배웠어. 음식을 만든다고 하니 어려워 보이지만 어차피 패스트푸드라 냉동된 음식을 각각 특성에 맞게 가열한 뒤에 내놓으면 되기에 그리 어렵지는 않더라. 이런저런 할인이나 선물을 주는 행사가 많고, 음식에 따라 묶음 판매를 할 때 살짝 헷갈리는데 그것도 한 이틀 하고 나니까 익숙해졌지. 내가 워낙 눈치도 빠르고, 일솜씨가 있잖아. 내가 일을 빠르게 배우니 아르바이트 선배들이 아주 좋아했어. 특히 같은 시간에 일하는 누나가 나를 많이 챙겨줬지.

일은 생각보다 힘들지 않았고 재미도 있었어. 손님이 없을 때 수다 떠는 맛도 나름 즐거웠고. 손님들 가운데 재미난 분도 많았어. 어느 날 밤, 일 끝나기 30분을 앞두고 손님도 없고, 한가한 때에 한 남자 분이 들어오셨는데, 서른은 넘고 마흔은 안 되어 보였지. 그 손님이 이것저것 시킨 뒤에, 느닷없이 우리들에게 먹고 싶은 거 먹으래.

"손님, 고맙지만 저희는 손님이 주신 음식을 먹으면 안 됩니다."

상냥하게 거절했지.

"괜찮아, 괜찮아! 내가 현금이 있으면 현금을 주고 싶은데 지갑에 카드밖에 없어. 그러니까 먹고 싶은 거 먹어."

여러 번 안 된다고 했는데도 거듭 먹으라고 하는 거야. 눈치를 보다가 하는 수 없이 가장 싼 아이스크림을 먹겠다고 했지.

"야, 야, 그거 가장 싼 아이스크림이잖아! 그러지 말고 비싼 거 먹어."

하는 수 없이 우리는 가장 비싼 아이스크림을 골라서 먹었어.

그랬더니 환하게 웃으면서 일 잘하라고, 부지런히 살라고, 좋은 세상 올 거라고 한참 말을 쏟아내더니 나가셨어. 내가 일을 할 때 서너 번 그 분을 만났는데, 그때마다 그 분은 우리한테 뭐 먹으라고 하면서 사주었어. 참 재미난 분이었지.

물론 짜증나게 하는 손님도 꽤 많았어. 주문을 받은 뒤에는 반드시

다시 주문을 되풀이해서 손님이 주문한 내용이 맞는지 확인을 해. 다시 말해줄 때도 별 말 없다가 음식이 나온 뒤에 주문 내용이 다르다고 트집 잡는 사람이 꽤 많아. 그러면 참 갑갑하지. 되풀이해서 말해줄 때 그렇다고 해 놓고는 말을 바꾸는 사람을 볼 때마다 참 사람이 낯짝 두껍다는 생각을 해. 행사용으로 나오는 장난감을 받았으면서도 안 받았다고 우기는 사람은 부지기수야. 그럴 때는 그냥 손님이 말하는 대로 들어주어야 속이 편해. 아무리 말로 해 봐야 듣지 않거든. 매니저도 그런 일은 그냥 넘어가라고, 받아들이는 편이 낫다고 했어. 처음엔 꼬치꼬치 따졌지만 나중에는 달라면 몇 번 거절하다가 주고 말았지.

이틀에 한 번 꼴로 저녁마다 오는 여자 손님이 한 분이 있었어. 들어올 때 늘 커피를 손에 들고 오는데 와서는 우리 쓰레기통에 버리고는 또다시 커피를 시켜. 시키는 음식도 여러 가지야. 몇 개는 먹고 가고 몇 개는 포장을 해서 들고 가는데, 포장과 먹고 갈 음식을 주문할 때마다 뒤죽박죽이어서 골치가 아파. 포장해서 들고 갈 때와 먹고 갈 때 준비할 물품이 다르기 때문에 뒤죽박죽 섞으면 일하기 힘들거든. 한참 준비를 하고 있는데 포장을 먹고 가는 걸로 바꾸기도 하고, 먹고 가는 걸 포장으로 바꾸기도 해. 그러다 몇 초 뒤에 또다시 바꾸고. 한두 번도 아니고 늘 그러니 참 어이가 없어. 몇 번 겪은 뒤에는 시간이 걸리더라도 마지막까지 기다렸다가 조리에 들어가라고 하지.

다른 곳에서 아르바이트 하는 학생들 이야기를 들으면 정말 엉망진창인 손님을 많이 만난다는데 나는 패스트푸드점에서 일하다 보니 그렇게 엉망인 손님을 만나는 일은 많지 않았어. 일도 그리 힘들지 않았고. 일주일이 지나자 능숙하게 일을 처리했어. 그래서 매니저가 나를 아주 좋아했지. 어느 날 일을 마치고 가려는데 매니저가 내일 오전에 나올 수 있냐고 물었어.

"내일 오전에 일할 애가 급한 일이 생겨서 못 나온대. 하루만 해 주라."

오전에 나오면 일이 힘들고 많아. 청소도 해야 하고, 하루 장사에 쓸 물품도 준비해야 하거든. 나도 말만 들었지 그 일을 해보진 않았기 때문에 한번쯤 겪어보고 싶어서 하겠다고 했지. 오전 10시에 나왔는데, 정말 힘들더라. 준비를 하고, 손님이 몰려오는 점심을 보내고, 저녁 10시까지 일하고 나니까 파김치가 되었어. 그날은 공부도 전혀 못 했지. 다시는 그렇게 하고 싶지 않았는데, 매니저가 자꾸 나더러 그렇게 해달라고 하는 거야. 아무래도 아르바이트 하는 학생 한 명이 그만둔 모양이야. 힘들었지만 했어. 힘든 일을 겪어야 제대로 된 경험이라고 믿었기 때문이야. 어차피 한 달 하고 그만 두는데 하려면 제대로 힘들게 경험해보고 싶었거든.

14일 일하고, 15일째 되는 날 드디어 첫 임금을 받았어. 그렇게 고생했는데 최저임금이다 보니 돈이 얼마 안 되는 거야. 말 그대로 최저임금이었어. 설날에 받는 세뱃돈보다 못했지. 나 같은 학생이야 이쯤 받아도 괜찮지만, 가족까지 있는 어른이 최저임금만 받고 살 수 있을지 걱정스럽더라. 최저임금은 말 그대로 최저임금이야. 일을 하면 적어도 그쯤은 줘야 한다는 기준이라고. 최저임금은 우리 사회가 그은 생활 최하한선이라고 할 수 있어. 내가 보기엔 우리나라 최저임금은 지나치게 적어. 최하한선이 지나치게 낮다는 말이야. 우리나라쯤 되는 나라라면 최저임금을 크게 높여서 사람들 생활수준을 높여야 한다고 봐. 실제로 유럽이나 미국, 일본 등과 견줬을 때 우리나라 최저임금은 지나치게 낮아.

아무튼 최저임금이라 얼마 되지 않는 돈이었지만 나는 내가 일한 만큼 받았는지 꼼꼼하게 내 급여를 계산해 봤어. 어라! 계산이 안 맞네~! 내가 아는 법을 근거로 계산을 했는데, 아무리 계산해도 엉터리인 거야(수학을 잘 하니까 이럴 때 쓸모가 있더라. 수학을 어디에 쓰냐고 묻는 애들한테는 그때 내가 겪은 일을 이야기해 주면 다들 고개를 끄덕여. ^^).

내가 받은 급여는 그냥 내가 일한 시간에 최저임금을 곱해서 나온 돈이었어. 언뜻 보기엔 맞는 계산처럼 보이지? 아마 법을 몰랐으면 나도 맞는 계산인 줄 알고 넘어갔을 거야. 조금만 법을 알면 그 계산이 엉터리라는 점을 알게 돼. 근로기준법에 따르면 정해진 시간을 넘어서 일을 하면 주기로 한 돈보다 50%를 더 줘야 해. 청소년은 하루 7시간 노동이 정해진 시간인데, 만약 8시간을 일했다면 1시간은 150%를 줘야 해. 나는 아침 10시부터 저녁 10시까지 일한 날이 꽤 돼. 하루 7시간 노동보다 훨씬 더 했지. 주휴수당도 없었어. 주휴수당이란 일주일에 정해진 시간 이상 일하면 하루 분 급여를 지급해야 하는 거야.

나는 이주일 동안 꼬박 일했기에 주휴수당으로 이틀 분을 받아야 해. 나는 매니저에게 가서 따졌어. 150% 이야기를 했더니 매니저는 낯빛을 붉히는 거야.

"무슨 말도 안 되는 소리야? 아르바이트를 하는데 무슨 150%를 줘?"

그 말을 듣는데 나도 모르게 부아가 치미는 거야. 아르바이트는 노동자가 아니란 말인가? 도저히 참을 수가 없어서 따지고 들었어. 나는 임금 계산뿐 아니라 근로계약서를 쓰지 않는 것까지 문제삼기로 결심했어.

"처음 일을 할 때 근로계약서를 써야 하잖아요. 계약기간, 근무 장소, 업무내용, 임금, 근로시간, 휴게시간, 휴일, 휴가 등이 담긴 근로계약서는 아르바이트를 해도 반드시 쓰도록 법에 나와 있지 않나요? 근로계약서를 안 쓰면 법 위반으로 처벌을 받는다고 아는데, 법을 어겨도 되는 건가요?"

매니저는 화들짝 놀랐어.

"이게 어디서…… 법을 따져?"

나는 물러서지 않고 더 따지고 들었지.

"법정근로시간이 18세 이상은 1주일에 40시간, 1일 8시간이고, 만 15살에서 18살 미만은 1주일에 40시간, 1일 7시간이에요. 저는 첫째 주에 42시간 일했고, 둘째 주에는 12시간 근무를 4일이나 해서 무려 69시간이나 일했어요. 15세에서 18세 미만인 경우 1일 1시간, 1주일에 6시간 이상 연장근로를 못하게 되어 있는데, 여기선 그보다 많은 시간을 시켰으니까 법 위반이에요."

"그거야 다른 애가 갑자기 빠져 버려서 어쩔 수 없었잖아."

매니저 말투가 많이 수그러들었어.

"그건 그렇다 쳐요. 그렇지만 연장근로를 하면 정해진 임금보다 150%를 더 줘야 하는데 왜 안 주세요? 그렇게 하면 법 위반 아닌가요?"

매니저는 말은 못하고 팔짱을 끼더니 몸을 뒤로 젖히며 나를 노려봤어.

"일주일 동안 일하기로 한 날을 모두 채우면 유급으로 하루 쉬게 하되, 그날은 일을 하지 않아도 임금을 주어야 해요. 그것도 주지 않으셨죠. 무려 이틀분이에요."

"너 뭐하는 놈이냐, 대체!"

"저야 아르바이트를 하는 학생이죠."

나는 그러면서 〈청소년이 알아야 할 노동법〉이란 작은 책자를 내밀었지. 매니저는 그 책을 펼쳐볼 생각은 않고 나를 한참 째려보더니 벌떡 일어났어.

"내일 다시 이야기하자."

"아니 그걸 왜 내일 이야기해요. 급여를 오늘 받기로 했으니까 오늘 주셔야죠."

매니저는 눈을 부라리더니 내가 들리지 않게 입으로 중얼중얼 거렸어. 가만히 보니 욕이야. 왜 욕을 하냐고 따지고 싶었지만 꾹 참고 모른 척했어.

“법에 맞게 급여를 계산해서 지금 주세요.”

“야, 야, 알았어. 계산해 줄 테니까, 너 내일부터 나오지 마.”

“이러면 안 되죠?”

“됐어. 나오지 마. 네가 원하는 대로 줄 테니까. 그만 둬.”

“부당해고 아니에요?”

“부당해고라니? 넌 아르바이트야. 아르바이트를 겨우 2주일 했는데 부당해고라니, 그게 말이 되냐? 네가 좋아하는 노동법 찾아 봐. 2주일 아르바이트로 일하면 얼마든지 잘라도 된다고 나오니까.”

아무래도 그건 매니저 말이 맞는 듯했지. 그렇다고 물러설 내가 아니야.

“그렇게 나오면 저도 가만히 안 있어요. 법을 안 지켰다고 노동부에 신고해 버릴 거예요.”

“아니, 이게 진짜! 기껏 일을 시켜줬더니, 어디서 은혜를 원수로 갚아!”

매니저 얼굴이 험악해졌어. 한 대 칠 기세였지. 그렇다고 기죽을 내가 아니야. 나도 똑같이 노려봤지. 곧이어 매니저는 어깨를 늘어뜨리더니 항복 선언을 했어. 나는 제대로 된 급여를 받았고, 그 다음 날도 일을 할 수 있었어. 근로계약서도 제대로 썼고. 일은 하루 7시간만 했고, 일주일에 40시간까지만 했어. 그렇지만 일하기는 더 힘들어졌어.

매니저는 내가 일을 하면 옆에 나와서 잇따라 트집을 잡았거든. 손님에게 말을 제대로 안 했다고 트집을 잡고, 바닥이 지저분하다고 트집을 잡고, 느리다고 트집을 잡고, 지나치게 빠르다고 트집을 잡고, 옷이 마음에 안 든다고 트집을 잡았어. 매니저뿐 아니야. 같이 일하는 형, 누나들도 나를 쌀쌀맞게 대했고, 아주 작은 일에도 나를 나무랐어. 나에게 잘해주던 누나도 나랑 말 한마디 섞지 않았을 뿐 아니라, 며칠이 지나자 나에게 못된 소리를 막 해댔어. 너 때문에 힘들어졌다는 둥, 너 때문에 잘리면 가만두지 않겠다는 둥! 입에 담긴 힘든 소리도 들었는데 차마 너한테는 다 못 전하겠다.

그런 분위기에서 일하기는 쉽지 않더라. 아무리 마음을 단단히 먹어도 견디기 힘들었어. 일주일을 버티다가 그만두기로 했어. 물론 주휴수당은 받았지. 그만두고 나오는데 참 속이 쓰리더라.

* * *

예은아!

네 생각은 어때? 그 매니저 말처럼 내가 은혜를 원수로 갚았을까? 일자리를 주지 않으려다가 가정 형편이 불쌍해 보여서 일을 시켜줬는데, 내가 그 은혜도 모르고 배신을 했을까? 도대체 어떻게 그런 말을 하는지 정말 알다가도 모르겠어. 매니저는 일할 사람이 필요해서 나를 받아들였고, 나는 돈을 벌려고 일을 했을 뿐이야. 그냥 계약을 맺었을 뿐이라고. 거기에 은혜니 배신이니 따위가 왜 나와? 무엇보다 그냥 법을 지키라고 했는데 그게 배신이라니, 말이 되니? 법을 어기면 나쁘다 배운 적은 있지만, 법을 지키라고 해서 배신자란 소리를 들어야 한다는 말은 그 어디서도 배운 적이 없어.

어처구니없기는 하지만 매니저란 사람은 그럴 수 있다고 쳐. 어차피 매니저는 관리자니까. 같은 처지인 형과 누나들은 왜 나를 그렇게 구박하고 트집을 잡았을까? 나에게 잘해주던 누나는 나한테 왜 그렇게 못되게 굴었을까? 잘리기 싫어서였을까? 아니면 매니저가 시켜서? 모르겠다. 왜 그랬는지 모르지만 같은 처지이면서 나를 구박하는 그들을 보면서 엄청 고민스러웠어. 내가 뚫고 나가야 할 현실이 내 생각보다 엄청 힘들고 괴롭겠다는 생각이 들었거든.

거기다 엎친 데 덮친 격으로 아주 놀라운 사실을 알게 됐어. 바로 내가 꿈같다고 말한 외국 기업, 내 꿈이 가능함을 보여준 외국 기업 뒤에 숨겨진 이야기를 알게 됐는데……. 그 기사를 읽고 억장이 무너지는 기분이 들었어. 그 회사 직원들이 누리는 자유와 부유함이 어떻게 가능한지 알게 되었거든. 바로 수많은 비정규직과 아르바이트생 때문이었어. 그 회사는 최고 인재들에게는 엄청난 대우를 해 줘. 상상 이상이지. 내가 꿈꾸던 바로 그런 노동조건을 지켜 줘. 그렇지만 최고 재능이 아닌 사람들에게는 다른 회사와 다를 바가 없는 대우를 해 준다고 해. 수없이 많은 비정규직과 아르바이트 학생들이 최고 인재들이 일을 할 수 있도록 엄청난 단순노동을 하고 있다는 거야. 그들 처지는 다른 회사 비정규직이나 아르바이트 학생과 전혀 다를 바가 없다고 해.

미국에 있는 그 회사 뿐 아니라, 내 꿈을 현실로 만들었다고 내가 알고 있는 회사들이, 어쩌면 수많은 사람을 희생시킨 바탕 위에 몇 사람에게만 부유함과 여유로움을 주고 있지는 않을까? 비정규직을 쓰든지, 아니면 작은 회사를 억누르든지, 아니면 다른 회사를 망하게 하고 승리를 거머쥐었기에 가능한 부유함과 여유로움이 아닐까? 그렇게 따지고 보면 여유로움과 부유함은 결국 수많은 사람을 희생한 바탕 위에서만 가능할까? 문득 자본주의 경제학 이론을 맨 처음 세운 책인 『국부론』을 쓴 아담 스미스가 했다는 말이 떠올랐어.

"가난한 500명이 부자 1명을 만든다."

아~! 내가 꿈꾸는 여유, 인간미가 넘치는 직장, 저녁을 누리는 삶, 비정규직이 없는 직장은 그 어떤 사람을 가난하게 만든 뒤에야 얻을 수 있는 사치란 말인가? 그렇다면 내 꿈을 이루려면 나도 다른 사람을 짓밟고, 억누르고, 착취해야 한단 말인가? 내 꿈은 말 그대로 꿈같은 이야기일 뿐일까?

그때, 처음으로, 단단하던 내 꿈이 흔들렸어. 정말 처음으로 내 꿈이 불가능할지도 모른다는 생각을 했지. 그렇다고 오랫동안 고민하지는 않았어. 잠시 흔들렸지만 다시 더 굳게 마음먹었거든.

"다른 사람이 못한다면, 모두가 못한다면, 내가 맨 처음 하는 사람이 되자! 아무도 하지 못한 일을 내가 하는 거야!"

첫 걸음을 내딛는 사람이 된다면, 정말 멋지지 않니? 내가 말했듯이 꽃을 피우려 애쓰지 않는 장미넝쿨은 아무런 가치가 없으니까! 진짜 피우기 어려운 꽃을 피우려고 애쓸 때 겪는 힘겨움이야말로 가장 아름다운 고생이 아니겠어? 나는 그렇게 생각했어. 내가 이루려는 꿈이 어려우면 어려울수록 어떻게 해서든 이루고 말겠다고!

참, 세빈이가 보고 싶은 모양이구나. 내가 한 번 놀러 오라고 할게. 세빈이 오면 잘해줘라. 어쩌면 미래에 네 새언니가 될지도 모르니까! (♡_♡)

오빠에게.

세빈 언니가 새언니라니, 오빠 벌써 결혼까지 생각하는 거야? 헐, 대단하다. 하긴 세빈 언니가 매력이 넘치긴 하지. 아마 세빈 언니만한 상대를 만나긴 쉽지 않을 거야. 오빠, 꼭 놓치지 마. ^.^

오빠 편지 읽으니까 오빠 중3 여름방학 때 일이 나도 떠오르네. 그때 오빠랑 엄마랑 엄청 다퉜지. 오빠가 여느 때 답지 않게 엄마에게 버티는 모습을 보면서 왜 저러나 싶었어. 엄마도 엄청 날카로웠고. 엄마와 오빠 사이에서 눈치를 보느라 며칠 동안 정말 힘들었어. 그런 일은 다시 겪고 싶지 않아. ㅠ.ㅠ

오늘 자유학기제 활동 가운데 하나로 강의를 들었어. 두 분이 오셨는데 한 분은 서른 살을 갓 넘은 사업가였고, 다른 한 분은 마흔이 넘은 분이었는데 작가라고 했어. 젊은 사업가는 사업체를 만들고 키워나가면서 겪었던 어려움을 어떻게 이겨냈는지 들려주었고, 작가는 자기가 겪은 일이 아니라 이러저러한 사람들이 품었던 꿈을 주제로 강의를 했어.

사업가 얘기는 참 재미있었어. 오빠 생각도 났고. 그 사업가는 우리한테 일단 지르라고 했어. 될지 안 될지 망설이지 말라고. 어차피 앞일은 아무도 모른다고 하면서. 그 얘기를 듣고 나서 친구들이랑 얘기를 나눠봤는데 다들 말은 맞지만 그게 어디 쉽냐고 투덜거렸어. 아나운서가 꿈이라는 혜진이는 공부를 하기는 하지만 꿈을 이룰 자신이 없대. 현경이도 마찬가지야. 아이돌Z를 좋아하는 현경이는 스타일리스트가 꿈이고, 아주 자신만만했는데 요즘은 갈수록 자신이 없다고 해. 스타일리스트가 되려고 그쪽 학원에 가서 배우는데, 자기보다 재주가 뛰어난 애들이 엄청나게 많다는 거야. 자기 재주로는 도저히 걔들을 이겨낼 자신이 안 생기더래. 과연 성공할 수 있을까 싶어. 계속 스타일리스트 꿈을 꾸어야 할지 모르겠다는 거야. 가깝게 어울려 다니는 친구 가운데 진희만 여전히 당당해. 프랑스 음식을 마음껏 먹으려고 프랑스학과 가겠다는 진희 말이야. 걔야 뭘 이루겠다는 목표가 없으니까 마음이 편한가 봐.

작가 분은 이러저러하게 많은 이야기를 했는데, 강의가 끝나고도 남는 말은 "꿈은 이루려고 애쓸 때 행복하다."였어. 그 말을 듣고 고개를 끄덕였는데, 가만히 곱씹어 보니 참 가슴 아픈 말이었어. 이루려고 할 때만 행복하고, 이룬 뒤에 행복하지 않다면 어떻게 그게 꿈일 수 있을까? 이룬 뒤에 행복하지도 않을 꿈을 이루려고 왜 온 삶을 걸고 애써야 하지?

그러다 또다시 『모모』에 나온 이야기가 떠올랐어. 오빠도 알겠지만

기기는 모모와 아주 가깝게 지내는 이야기꾼이야. 기기는 멋지고 황당한 이야기를 지어내는 재주꾼이었어. 기기는 기롤라모 왕자가 되기를 꿈꾸었지. 왕자처럼 널리 알려져서, 많은 사람들에게 인기를 끄는 사람이 되고 싶었어. 부자가 되고, 동화 같은 정원을 갖춘 예쁜 집에서 비단 베개를 베고 잠이 드는 꿈을 꾸었지. 나중에 기기는 꿈을 이뤄. 회색신사들 덕분이지. 꿈을 이룬 뒤 기기는 꿈을 꾼대로 살아. 그렇지만 기기는 행복하지 않아. 아니 도리어 불행해. 꿈을 이룬 뒤 기기에게는 기기다운 천진난만함과 밝음이 사라져. 나중에 모모를 만난 기기가 이렇게 한탄을 해!

"모모, 얘기 하나 해줄까? 인생에서 가장 위험한 건 꿈이 이루어지는 거야. 적어도 나처럼 되면 그렇지. 나는 더 이상 꿈꿀 게 없거든. 아마 너희들한테서도 다시는 꿈꾸는 걸 배울 수 없을 거야."

기기가 내뱉은 말을 읽고 또 읽는데, 이해가 되지 않았어. 꿈을 이룬 뒤에 더 슬퍼지다니, 꿈을 이루면 더 불행해지다니, 도대체 그러면 왜 꿈을 꾸어야 하는 걸까? 꿈은 그냥 꿈으로 남을 때만 아름다울까? 꿈을 이루면 불행해질까?

오빠!

하루 종일 막막해서 괴로웠는데 오빠 편지를 읽고는 조금은 답답함이 풀렸어. 오빠 편지를 읽고 왜 기기가 불행해졌는지 조금은 알 듯했기 때문이야. 기기는 그냥 유명해지려고만 했어. 동화 속 왕자가 되고 싶었지. 그런 꿈을 이룬다한들 기기가 행복해질 리 없어. 무엇보다 기기는 회색인간들 꼬임에 넘어가서 꿈을 이루었거든. 자기 삶을 잃고, 기기다움을 버리고 이룬 꿈이기에 불행했던 거야. 무엇보다 기기는 숭고한 꽃을 피우려는 꿈을 꾸지 않았어. 고귀한 목표를 꿈꾸었다면, 어떻게 꿈을 이룬 뒤에 사람이 불행해질 수 있겠어?

그렇게 따지면 강연에서 작가 분이 한 말은 일부만 맞아. 위대한 꿈을 꾸면 꿈을 이룬 뒤에 더 행복해져. 그렇지만 그저 내 좋아하는 일만 이루겠다거나, 남들이 그럴 듯하게 여기는 꿈을 이루려고 하는 사람은 꿈을 이룬 뒤에도 그리 행복하지 않을 거야. 어쩌면 도전할 때 느끼는 간절함이 사라지면서 불행이 찾아오는지도 모르지.

오빠!

오빠가 아르바이트를 하면서 어떤 일을 겪었는지 많이 궁금했는데 이제야 알게 되었네. 그때도 물어보고 싶었는데 오빠가 하도 심각한 얼굴이어서 제대로 물어보지 못했거든. 그거 알아? 오빠가 심각한 얼굴을 하면 진짜 무서워 보여.

아무튼.

나는 오빠가 꾸는 꿈이 참 거룩하다고 생각해. 거룩한 꿈은 도전할 때보다 이루고 나면 더 행복해지겠지? 나에게도 그런 거룩한 꿈이 생길까? 나도 거룩한 삶을 살 수 있을까?

05

꿈을 향한 출발선과 공정한 경쟁

내 동생 예은이에게!

고민이 많지? 걱정도 많고? 거룩한 삶, 나도 잘 모르겠어. 내가 어른 못지않게 아는 척하지만 따지고 보면 나도 이제 겨우 열일곱, 고등학교 1학년이야. 많이 고민하고 공부를 했지만 내가 알면 얼마나 알겠니? 멋지게 살고 싶지만, 그렇게 되지 못할까 봐 나도 걱정이 많아. 두렵기도 하고. 너와 나 차이는 기껏해야 오십보백보야. 그냥 내가 조금 앞서 발을 내딛었을 뿐이지. 조금 앞서 걸음을 뗀 사람으로서 말하자면, 지나치게 겁먹지는 마! 아직 끝까지 겪지 않았지만, 걱정했던 일은 잘 일어나지 않더라. 해보면 뜻밖에 잘 풀리는 경우가 많아. 그러니까 우리 두려워하지 말자.

예은아!

네가 들은 강의와 엇비슷한 강의를 나도 꽤 많이 들었어. 그런 강의를 들으면 처음엔 좋은데 들으면 들을수록 갑갑해진다는 친구들이 많아. 강의를 하는 사람들은 스스로도 좋아하고, 재주도 갖춘 데다, 사회에서도 높게 쳐주는, 그런 일을 만났어. 그들은 온 힘을 기울여 애를 썼고, 마침내 멋지게 이루었지. 가끔 벽에 부딪치고 실패도 했지만, 그 실패마저 일을 이루는 밑거름이 되었어. 그렇다고 나도 그렇게 되리란 보장은 없어. 과연 그들처럼 하면 다 성공할까? 그들처럼 한 사람은 다 성공했을까?

친구들은 고개를 절레절레 흔들었어. 비슷한 길을 갔지만 수없이 많은 사람들이 실패했음을 알기 때문이야. 한 사람이 성공했다면 그렇지 못한 사람이 열 명, 백 명이 있다는 걸 알거든. 실패한 사람들은 우리들에게 강연을 하러 오지 않아. 만약 실패한 사람들이 강연을 한다면 어떤 말을 들려줄까? 그들도 도전을 하고, 다른 사람 눈치 보지 말고 제 길을 가라고 말할까? 실패를 아름답게 꾸며서 말할까? 내 친구들 답변은 한결같았어. 비슷한 길을 갔으나 실패한 사람들은 실패로 끝난 도전을 아름답게 꾸미지 않을 거라고. 내 친구들은 자신이 아무리 부지런히 애를 써도 성공한 사람처럼 되리란 보장이 없음을 알아.

나도 같은 생각이냐고? 아니야. 나는 그렇게 생각하지 않아. 이루지 못해도, 그냥 실패로 끝나도, 그 삶이 아름다울 수 있다고 봐. 물론 그런 사람들은 강의를 할 기회도 주어지지 않겠지만, 그렇다고 실패를 끔찍한 기억으로만 간직하지는 않으리라고 봐. 하고 싶고, 재주도 있고, 좋은 일이란 믿음이 있다면, 그 길을 가는 사람에게 실패는 그리 중요하지 않을 것 같아. 물론 성공하면 좋겠지만 실패한다고 해서 아무런 가치도 없는 삶을 살았다고 할 수는 없잖아? 제 길을 가는 사람에게, 옳은 길을 간다고 믿는 사람에게 실패가 두려움을 불러일으킬 수는 없어.

알맞은 예인지는 모르겠지만, 독립운동을 하셨던 분들이 실패가 두려워 독립운동을 그만두지는 않았잖아? 독립운동을 하다가 실패한다고 해서 독립운동 했던 분들이 당신들이 하셨던 일을 후회하지도 않았고. 그분들은 그냥 옳기 때문에 독립운동을 하셨어. 그렇기에 내가 하는 일이 옳다면, 내가 하는 일이 정말 내가 하고 싶은 일이라면, 실패 따위가 어찌 나를 가로막겠어? 그저 가는 거야. 옳다면, 좋다면, 그냥 저질러야지. 목표의식이 뚜렷하다면, 두려움 따위는 없어.

내 생각이 이렇긴 하지만 내 친구들 생각이 꼭 틀렸다고 보진 않아. 왜냐하면 성공과 실패를 걱정하지 않고 길을 가는 애들은 행운아이기 때문이야. 우리나라 같은 교육환경에서 자기 적성에 맞고, 재주도 갖추고, 하고 싶고, 더구나 사회 기준에서 볼 때 꿈을 찾은 애들이 얼마나 될까? 대다수 애들이 꿈을 찾아 도전하라는 강연을 듣고 갑갑함을 느끼는 까닭은 내가 가야할 길, 내가 가고 싶은 길을 찾지 못했기 때문이야. 아니, 그런 길을 찾을 기회조차 만난 적이 없기 때문이지. 그러면서 어릴 때부터 꿈을 품고 도전하라고 하니, 막막할 수밖에.

예은아!

요즘 네가 보내는 자유학기제, 뜻은 참 좋아. 공부에서 벗어나 마음껏 자신의 재주와 특성을 찾고, 여러 가지 직업을 알아가는 아주 좋은 기회야. 잘만 써 먹으면 멋진 꿈을 얻는 계기가 되겠지. 좋긴 하지만, 평생에 걸쳐 이룰 꿈을 세우기에는 열서너 살은 지나치게 어려.

도대체 뭘 안다고 그 나이에 꿈을 세울 수 있을까? 적성검사 몇 번 하고, 직업 체험 몇 번 하고, 어른들이 하는 강연 몇 번 듣고서, 온 삶을 걸고 나아갈 계획을 세우라니, 얼토당토않은 소리지. 더구나 중학교 1학년 때부터 꿈을 딱 하나 정해두고, 거기에 맞춰서 활동을 하고, 책을 읽고, 봉사를 하고, 그 모든 걸 생활기록부에 넉넉하게 기록해 가라니……, 그런 건 어른도 하지 못할 걸? 그런 짓을 열서너 살 아이들에게 시키다니…….

그러니까 자유학기제를 누리되 욕심은 내지 마. 네가 갈 길이 보이지 않는다고 막막해 하지 마. 그 나이에는 그냥 다양한 가능성을 열어 둬. 계획을 세우지 않아 돼. 꿈이 없어도 좋아. 무엇이 되려고 하지 말고 그냥 겪어. 다만 생각은 놓지 마. 어쩌면 아주 작은 일에서, 어떤 작은 틈바구니에서, 네 삶을 멋지게 만들어 줄 꿈이 다가올지도 모르니까.

『모모』에 나오는 기기 이야기, 나도 잘 알아. 곰곰이 생각해 본 적도 있고, 친구들과 이 주제로 토론을 벌이기도 했어. 처음엔 꿈을 이루기 전과 이룬 뒤, 언제가 더 행복할지를 두고 토론을 벌였는데, 나중에는 기기가 꿈을 이룬 뒤 불행해진 까닭을 찾게 되었지. 그때 우리가 내린 결론은 크게 세 가지였어.

첫째, 기기가 꾼 꿈이 진짜가 아니라는 거야. 기기는 왕자처럼 화려한 삶을 꿈꾸었지만, 정말 원한 꿈은 그게 아니었어. 기기는 이야기를 하고, 사람들에게 꿈같은 이야기를 들려주길 좋아해. 사람들에게 환상을 선물해주는 사람이고 싶었어. 기기는 자기 꿈을 착각했어. 멋진 이야기꾼으로 살고자 했는데, 인기 연예인이 되고 싶은 줄 잘못 안 거지. 이처럼 자기가 참마음으로 바라는 바를 잘못 알고 엉뚱한 목표를 세우면, 목표를 이룬 뒤에 더 불행해질 수밖에 없어. 왜냐하면 목표를 이룬 뒤에 비로소 스스로 세웠던 목표가 정말 바라던 꿈이 아님을 알게 되기 때문이야.

둘째, 기기는 목표에 대해 환상을 품었어. 기기는 기롤라모와 같은 왕자가 되고 싶었지. 동화책 속 왕자처럼 화려한 삶을 살고 싶었어. 그러면 아주 행복하리라 믿었지만, 알다시피 '그 뒤로 행복하게 오래오래 살았습니다'로 끝나는 동화책 뒤에 나오지 않고 숨겨진 삶이 행복하리란 보장은 없어. 그건 환상이야. 있을 수 없지. 기기가 품었던 환상은 대학교만 가면 고등학교 때까지 했던 고생은 다 끝나고 멋진 삶이 펼쳐지리라고 믿는 착각과 다름없어. 대학에 간다고 행복이 저절로 찾아오지는 않을 거니까.

셋째, 그냥 사람은 처음부터 그럴 수밖에 없기 때문이기도 해. 화장실 갈 때와 나올 때 마음이 다르다고 하잖아. 사람이란 급하면 뭐든

간절해. 손에 없을 때는 꼭 갖고 싶지. 그것만 가질 수 있으면 엄청나게 기쁘고 행복하리라 생각해. 그러다가도 막상 손에 넣으면 처음엔 기쁘지만 곧 그렇고 그런 마음으로 바뀌지. 기기도 그랬을 뿐이라는 거야.

어때, 그럴 듯하니? 그러니까 기기처럼 꿈을 이룬 뒤에 실망하지 않으려면 꿈을 꿀 때부터 달라야 해. 내가 진짜 바라는 바가 무엇인지 알아야 하고, 그 꿈이 옳아야 하며, 꿈을 이룬 뒤에 펼쳐질 상황에 대해 지나치게 환상을 품어서는 안 되고, 사람 마음은 끊임없이 변한다는 사실을 늘 마음에 담고 살아야 하지. 목표를 이뤄서 행복을 얻는 일이 말처럼 쉽지는 않을 거야. 더구나 그 목표가 안전하고 편안한 삶, 돈만 넉넉한 삶이라면 행복은 오지 않겠지. 물론 돈은 오겠지만. 어쩌면 돈도 안 올 수도 있고. 그럼 정말 비참할 거야.

예은아!

내가 그런 말을 하면 엄마는 늘 그러셔.

"그래도 돈이 있어야지, 돈이 없으면 사람답게 살 수도 없어. 돈이 없으면 새로운 꿈을 꾸지도 못해. 돈은 삶을 넉넉하게 하고 새로운 꿈을 꾸게 해줘."

엄마 말씀이 맞아. 아빠가 그나마 돈을 많이 벌어오니까 우리가 이렇게 살지. 아빠가 참 고마워. 아빠가 무능했으면 얼마나 끔찍한 삶을 살았을지 종종 떠올려 보는데, 그럴 때마다 정말 다행이다 싶어. 아빠가 고맙지만, 아빠 때문에 이런 삶을 누려서 기쁘지만, 나는 아빠가 불쌍해. 옛날에는 아빠를 많이 원망했는데, 이젠 아빠가 불쌍해.

도대체 아빠 꿈은 뭐였을까? 밤늦게까지 늘 일하는 삶을 바라지는 않았을 텐데, 이런 삶을 살 줄 알았으면 아빠가 똑같은 선택을 했을까? 이렇게 살 줄 알면서도 모든 걸 버려가면서 공부만 했을까? 아닐 거야. 아빠가 꾸었던 꿈은 이런 게 아니었을 거야. 아빠에게 꿈이 무엇이었는지 여쭤본 적은 없지만, 아빠가 어렸을 때 어떤 꿈을 꾸었을지 떠올릴 때마다 참, 슬퍼.

엄마 꿈은 뭐였을까? 엄마는 우리 뒷바라지 하시느라 늘 바빠. 너랑 나 학원 시간 맞춰서 이곳저곳 데려다 주시느라 오후 늦은 시간부터는 다른 약속도 못 잡으셔. 내가 고등학생이 된 뒤로 너만 데려다 주면 되기에 조금 시간이 넉넉해지셨지만, 옛날엔 정말 저렇게 하면서 어떻게 사시나 싶을 만큼 바쁘셨어.

엄마는 자기 삶에 만족하실까? 자식들을 위해 바쁘게 지내는 삶이 나중에 후회스럽지는 않을까? 혹시 당신이 이루지 못한 꿈을 우리를 통해 이루려고 하는 건 아닐까?

* * *

너는 잘 모르겠지만 내가 중학교 3학년 2학기 때 나는 엄청난 갈등에 빠졌어. 내 앞에 놓인 두 갈래 길을 두고 말이야! 특목고나 자사고를 갈지, 그냥 일반고를 갈지! 엄마는 특목고나 자사고를 갔으면 하셨지만 나는 일반고로 가겠다고 했지. 엄마는 자사고와 특목고가 대학입시에서 얼마나 도움이 되는지 설명하면서, 나한테 자사고와 특목고를 꼭 가라고 설득하셨어. 대학입시가 아니더라도 특목고와 자사고를 가면 내가 바라는 활동이나 공부를 훨씬 더 많이 할 수 있다는 이유도 덧붙이셨지.

내가 일반고를 가겠다고 한 까닭은 다른 애들처럼 대학입시 때문은 아니야. 조금 공부 잘하는 애들 중에서 일부러 일반고를 가는 애들도 꽤 많아. 그런 애들은 일반고에 가서 내신을 잘 따겠다는 속셈이야. 요즘은 대학입시에서 내신이 아주 중요하니까 말이야. 또한 일반고에 가서 상을 몰아서 받고, 활동도 부지런히 하면 특목고나 자사고에서 중위권 이하로 밀리는 애들보다 더 낫다는 판단도 작용해.

나는 그런 생각은 하지 않았어. 내가 일반고를 굳이 가려고 한 까닭은 자사고와 특목고를 가면 공정한 경쟁이 아니라고 생각했기 때문이야. 대학이 특목고와 자사고를 나온 학생들을 더 좋아한다는 점은 나도 잘 알아. 그래서 일반고보다 우리 사회가 바라는 성공에 한 걸음 더 빨리 다가가는 기회를 잡을 수 있으리라는 점도 잘 알고. 엄마는 바로 그 점 때문에 나에게 특목고와 자사고를 가라고 했지만, 나는 바로 그 점이 싫어서 가기가 꺼려졌어. 엄마와 나는 며칠 동안 이야기를 나눴지만 결론이 나지 않았어. 엄마와 나는 둘 다 황소고집이잖아. 아무리 타당한 논리를 대도 서로 받아들이지 않아. 그러고 보면 나는 아무리 봐도 엄마를 더 많이 닮았나 봐. 외할머니도 나 보고 그랬잖아. 엄마 어릴 때랑 어쩌면 그리 똑같으냐고(칭찬이시겠지? ㅎㅎ).

엄마는 도저히 안 되겠다 싶으셨는지 아빠에게 도움을 청했어. 어릴 때부터 교육은 늘 엄마 몫이었는데, 처음으로 아빠가 나섰지.

"엄마 말대로 하는 게 낫지 않겠니?"

"저도 엄마 말이 틀리지 않다는 점은 알지만, 그렇게 하고 싶지 않아요."

"고집이니?"

"아뇨. 저는 성공보다 공정함이 먼저예요."

"공정함이라……, 딱 너다운 말을 하는구나."

아빠는 나를 딱히 설득하려는 태도가 아닌 듯했어. 엄마와 달리 내 말을 들어보겠다는 마음이 느껴졌지. 엄마와 논쟁할 때처럼 서로 긴장이 치솟을까 봐 걱정했는데 마음이 많이 놓였어.

"넌 어릴 때부터 늘 공정함을 좋아했어. 불공정한 경쟁이면 이겨도 좋아하지 않았고. 초등학교 2학년 때 학교 체육대회에서 달리기를 하다가 같이 뛰던 애들 가운데 한 명이 돌부리에 걸려 넘어졌어. 가장 앞서서 달리던 넌 바로 뒤에서 뛰던 애가 넘어지니까 힐끗 보고는 일부러 넘어지는 거야. 마치 다리가 엉켜서 넘어진 듯 보였지만 누가 봐도 연기였지. 일부러 안 일어나고 느릿느릿 움직여서 다른 친구가 이기도록 내버려 두었지. 아마 그렇게 어렸을 적에도 넌 공정하지 않은 승리를 거두느니, 차라리 지는 게 낫다고 믿었나 봐."

아빠 말 속에 들어 있는 내가 낯설었어. 내가 그런 적이 있었나? 그것보다 아빠가 초등학교 2학년 체육대회에 왔던가? 전혀 기억이 나지 않았어. 내 기억에 아빠는 그런 행사 때 한 번도 온 적이 없었거든. 어쩌면 나는 아빠가 나와 함께 한 시간들이 준 기쁨은 잘 기억 못하고, 함께 하지 못한 안타까움만 기억하고 살았는지 모르겠다는 생각이 그때 처음 들었어.

"그 어린 나이에야 순수함에서 그랬다지만, 아직도 그런 태도를 지키다니, 정말 놀랍구나."

"무슨 수를 쓰든 이기기만 하면 된다는 생각은 옳지 않아요. 공정한 경쟁을 거쳐서 이겨야 진짜 승리에요. 제가 특목고에 가면 학벌이란 불공정한 자리에 올라서게 돼요. 특목고에 가지 못한 수많은 애들보다 앞서게 돼요. 달리기를 하는데 일반고 애들보다 출발선에서 몇십 발자국 앞서서 뛰는 꼴이에요. 그렇게 앞서 출발해서 달리기 경주에서 이기면 뭐해요. 토끼와 거북이 경주랑 똑같잖아요. 공정하지 않은 승리는 자긍심은커녕 부끄러움만 들게 해요."

"부끄러움이라……."

아빠는 '부끄러움'이란 낱말을 몇 번이나 되풀이하면서 고개를 끄덕이셨어.

"좋은 자세야. 사람이 부끄러움이 있어야지."

나는 아빠를 빤히 바라봤어. 아빠가 정말 낯설었거든. 내가 아는 아빠는 늘 밤늦게까지 일하고, 아침 일찍 사라지고, 쉬는 날에는 지쳐서 잠을 자거나 TV만 보는 분이었거든. 어쩌다 놀러가는 날에도 지쳐 보여서 내가 챙겨줘야 할 사람처럼 보였는데, 그날 아빠는 전혀 다른 사람이었어. 어쩌면 그동안 내가 아빠를 완전히 잘못 알고 있었는지도 모르겠다는 생각을 처음 했어('처음 했다'는 낱말을 또 쓰네. 그때 정말 아빠가 낯설었어).

"아빠 회사도 엄청난 경쟁을 한단다. 우리는 그런 경쟁을 하면서 공정함 따위를 생각해 본 적이 없어. 법을 지키기도 벅찬 경우가 많아. 무조건 이겨야 살아남을 수 있기 때문이지. 지면 끝장이니까, 지면 망하니까, 이기면 기쁘고, 지면 괴롭지. 부끄러움 따위는 사치야."

"아빠 회사가 그렇다고 해서 저도 그렇게 부끄러움을 잃어버리고 살 수는 없어요."

"그래, 네 말이 맞아. 그리고 나는 부끄러움이 아니라 경쟁을 말하는 거야. 너도 경제학 공부를 많이 했으니까 알겠지만, 경쟁 없이 살 수는 없어. 자본주의가 수많은 단점을 지녔음에도 강력한 힘을 발휘하며 유지되는 까닭은 바로 경쟁이 지닌 힘 때문이지. 경쟁은 효율을 높이고, 자원을 알맞게 나누고, 기술을 나아지게 하고, 물건 가격을 알맞게 결정해. 경쟁은 자본주의를 굴러가게 해. 내가 무슨 말을 하는지는 다 알지?"

"네."

"가장 바람직한 경쟁은 서로 완벽하게 똑같은 조건에서, 완벽하게 자유롭게 벌이는, 완전경쟁이야."

"고전 경제학자들이 자유방임주의를 내세우며 그렇게 주장했죠."

"잘 아는구나. 그렇다면 자유방임주의가 말하는 완전한 경쟁이 불가능하다는 사실도 잘 알겠구나. 완전경쟁은 꿈에서나 가능한 이야기야. 그냥 머릿속에서나 가능한 이야기일 뿐이지."

나는 처음으로 아빠와 진지하게 경제학 이야기를 나눴어. 아빠에게 경제학 이야기를 듣게 되리라곤 생각도 못했기에 나는 아빠 이야기에 귀를 기울였지(또다시 '처음'이란 낱말을 쓰네 ^.^).

"이론과 현실은 달라. 나중에는 경제학자들도 그 점을 알게 되었지. 아무런 규칙도 없는 자유방임주의는 힘 센 기업이 힘 약한 기업을 다 망하게 하고, 거대한 기업만 남은 시장에서는 경쟁이 사라져 버리거든. 또한 기업들은 이기기만 하면 되기 때문에 비열한 방법으로 다른 회사를 무너뜨리기도 하지. 그래서 정말 좋은 기술을 지닌 기업은 성장하지 못하고 망해서 소비자가 큰 손해를 보기도 해. 경쟁에서 이기려면 어떻게든 비용을 아껴야 해서 노동자들을 더 오랜 시간 동안 일을 시키면서 돈은 더 적게 주려고 하지. 어린이를 싼값에 일을 시키는 못된 짓을 서슴없이 저지르기도 하고. 모두 다 경쟁에서 이기기 위해서 저지른 짓들이야."

아빠 입에서 장시간 노동 이야기가 나오다니, 정말 깜짝 놀랐어.

"이처럼 무제한 자유는 경쟁이 지닌 장점보다 단점만 도드라지게 했지. 그렇다고 경쟁이 지닌 장점을 포기할 수는 없었어. 그래서 국회와 정부가 나서서 공정한 규칙을 세웠지. 지나치게 심한 규칙은 경쟁이 지닌 힘을 발휘하지 못하게 하지만, 알맞은 규칙은 공정한 경쟁을 하게 만들어서 경쟁이 지닌 놀라운 힘을 발휘하게 해주거든. 오늘날까지 자본주의 경제가 잘 발전해온 비결이 바로 공정한 규칙에 따른 경쟁에 있어. 그러니까 네 말이 맞아. 경쟁이 지닌 장점을 발휘하려면 공정한 규칙 아래서 싸워야 해."

아빠가 내 편을 들다니, 정말 뜻밖이었어. 그러다 보니 도리어 나는 내 논리를 다시 살펴 보게 되더라. 엄마와 논쟁할 때는 엄마 논리를 반격하느라 바빠서 엄마 말에 귀를 기울이지 않았는데, 아빠가 내 논리를 더 깊이 있는 지식으로 뒷받침해주니 도리어 내 믿음이 과연 옳은지 곱씹어보게 되었지.

"운동 경기에서 규칙이 없으면 운동 경기가 아니야. 각 운동에는 수많은 규칙이 있고, 그 규칙을 지키면서 공정하게 경쟁을 하니 운동 경기가 재미있지. 심지어 전쟁에서도 부상자를 구하는 적십자 규칙이 있고, 민간인을 학살하면 안 되는 규칙이 있고, 사용하면 안 되는 무기를 정해놓은 규칙도 있어. 그러니 경제야 두 말할 나위가 없지."

"아빠는…제 생각이…옳다고 보시는 거네요."

나는 아빠 얼굴을 살피며 슬며시 물었어.

"그래, 네 생각이 옳아. 그, 리, 고!"

아빠는 '그리고'를 또박또박 끊어서 힘주어 말씀하셨어.

"그리고, 똑같은 조건을 따지는 네 생각이 그리 이치에 맞지는 않아."

마침내 아빠가 내 논리를 되받아쳤는데, 별로 거부감이 들지 않았어. 나는 아빠 말을 귀담아 들었지.

"아무리 공정하게 경쟁하게 만든다고 해도, 아무리 규칙을 잘 만든다고 해도, 어차피 완벽하게 공정한 규칙은 있을 수 없어. 기업은 크기가 다 달라. 아무래도 큰 기업이 작은 기업보다 경쟁에 유리해. 공정한 경쟁을 한답시고 큰 기업에게 기업 크기를 줄이라고 할 수는 없어. 가난한 집에서 태어난 아이와 부잣집에서 태어난 아이를 같은 조건에서 경쟁하게 만들기는 어려워. 공정하게 경쟁하게 만들려고 부잣집을 가난하게 만들 수는 없잖아."

나는 아빠가 무슨 뜻으로 말을 하는지 이미 알아들었지.

"너는 이룰 수 없는 조건을 이루려고 하는 거야. 공정한 경쟁이란 그냥 사람들이 꿈꾸는 이상일 뿐이야. 자본주의 경제, 아니 그 어떤 다른 경제 체제를 만든다고 하더라도 경쟁은 불공정해. 똑같은 조건이란 현실에서 이룰 수 없는 꿈이야. 이룰 수 없는 꿈을 좇지 마. 더구나 너는 CEO가 되려고 하잖아. CEO가 이룰 수 없는 꿈을 좇으면, 그 기업은 망해. 기업을 경영하는 사람은 그 누구보다 합리적이어야 해."

나는 아빠 말을 곰곰이 곱씹었어. 곧바로 되받아치면 아빠가 내게 준 정성을 저버리는 느낌이 들었거든. 나는 깊이 따져 본 뒤에 아주 조심스럽게 이야기를 꺼냈어.

"아빠가 경제학 원리로 말씀하셨으니까 저도 경제학 원리로 말씀드릴게요. 모든 경제학은 사람이 합리적이라는 조건을 전제하고 논리를 전개해요. 경제학을 떠받치는 밑뿌리 조건이죠. 경제학 기초인 수요공급 이론도 사람이 합리적이라는 조건에서만 맞아요. 모든 조건이 다 똑같을 때 물건 값이 비싸지면 공급이 늘고 소비는 줄죠. 물건 값이 싸지면 공급이 줄고 소비는 늘어요. 똑같은 물건일 때 사람들은 더 싼 물건을 사요. 같은 값이면 더 좋은 물건을 사죠. 비슷한 성능이라면 마음에 드는 디자인을 골라요."

아빠는 내 입을 똑바로 보며 내 말에 귀를 기울였어.

"처음에 경제학 공부를 할 때 저는 사람이 합리적이란 말을 곧이곧대로 받아들였어요. 그렇지만 이제는 그렇게 생각하지 않아요. 사람은 정말 합리적일까요? 저는 거대 기업들이 거대한 마트로 골목과 작은 시장들을 망하게 하는 현실을 알고 난 뒤부터 비싸지만 작은 상점들에서 물건을 사려고 해요. 학교 앞에 문방구가 두 곳 있는데 한 곳은 잘 꾸며지고 싼 학용품이 많지만, 저는 낡은 문방구에 가요. 그곳 주인이 웃는 얼굴을 보면 기분이 좋아지거든요. 그런 애들이 제 둘레에 꽤 많아요. 명품 같은 경우 싸면 사람들이 더 사지 않고, 비싸게 부를수록 더 많이 산다고 해요. 물론 제가 하는 선택도 제 잣대로 보면 합리적이에요. 비싼 명품을 사는 사람도 그들 나름 합리적이겠죠. 그렇지만 돈이라는 기준에서 보면 합리적이지 않아요."

아빠는 손을 모으더니 턱을 받치셨어. 눈도 반짝반짝 빛났지. 아빠 몸짓에서 내 말을 잘 들으려는 정성이 와 닿았어. 아빠가, 처음으로, 참 가깝게 느껴졌어(또 처음! ㅎㅎ 그날은 참 많은 '처음'이 있었지!).

“아빠는 제 선택이 합리적이지 않다고 말했어요. 맞아요. 제가 보기에도 합리적이지 않아요. 성공이라는 기준만 놓고 보면, 승리라는 기준만 놓고 보면 합리적이지 않아요. 저와 제 친구들이 좋은 문방구를 놔두고 낡고 허름하고 비싼 문방구를 찾는 것이 자본주의 경제학에서 보면 합리적이지 않아요. 그래도 우리는 불편함을 감수하면서도 많은 돈을 쓰는 합리적이지 않은 선택을 해요. 왜냐하면 그게 마음이 편하고 행복하기 때문이죠. 행복은 합리적으로 설명할 수 없어요. 사람 마음이 합리적으로만 움직이지는 않아요. 사람은 그냥 좋다는 이유로 합리적이지 않은 선택을 하기도 하고, 옳기 때문에 목숨을 걸기도 해요.”

아빠가 진지한 얼굴빛을 하며 고개를 끄덕였어.

“제가 하려는 짓이 합리적이지 않다는 점은 누구보다 제가 잘 알아요. 특목고에 갈 성적이 되고, 면접이나 자기소개서를 누구보다 잘 꾸밀 자신이 있음에도 특목고를 거부하는 까닭은 합리적인 기준을 놓고 보면 멍청한 짓이에요. 합리적이지는 않지만 저는 제가 옳다고 믿는 길을 가고 싶어요. 아직 사회에 나가지도 않은 10대인데, 승리만 바라면서 제 신념을 저버린다면, CEO가 돼서 회사를 운영할 때 어떻게 제가 바른 길로만 간다고 장담할 수 있겠어요. 그때는 아마 더 많이 흔들릴 거예요. 심한 경쟁에 놓이면 어떻게든 이기려고 제가 싫어하던 짓을 선택할지도 몰라요. 아직 순수한 이때, 혈기왕성한 이때, 이때만큼은 제 신념대로, 제 믿음대로 공정한 경쟁을 하고 싶어요. 달리기를 하는데 몇 십 걸음 앞에서 뛰고 싶지는 않아요."

"놀랍구나."

아빠가 말했어.

"그리고 참 뿌듯하다."

무슨 뜻일까?

"내가 회사에 매여 사느라 네가 어떻게 크는지 전혀 몰랐는데, 이렇게 곧은 생각을 하다니, 더구나 멋진 경제학 지식까지 갖추었다니, 정말 뿌듯해. 우리 아들이 이렇다고 여기저기 떠들면서 자랑하고 싶은 걸."

아빠는 정말 환하게 웃었어. 기쁨이 얼굴에 그대로 묻어났지. 나는 쑥스러웠지만 이루 말할 수 없이 기뻤어.

"준혁아!"

아빠가 따뜻하게 나를 불렀어.

"네, 아빠!"

네, 아빠, 라고 하는데 가슴이 쿵~ 하고 내려앉는 느낌이 들었어. 뭉클한 무엇이 가슴에서 토네이도처럼 휘몰아쳤어.

"경제학은 선택을 다루는 학문이야. 잘 알지?"

"네."

"그 어떤 선택에도 공짜는 없어. 하나를 선택하면 하나를 포기해야 해. 둘 가운데 하나를 골라야 한다면 되도록 적게 손해 보는 쪽을 골라야 해."

"기회비용, 말씀이시네요."

"그래 기회비용! 기회비용이 지나치게 큰 선택을 하지는 마. 그게 합리적이야. 물론 너는 합리적으로만 선택해서는 안 된다고 했어. 맞는 말이야. 그렇지만 합리적이지 않은 쪽으로만 선택해서도 안 되지. 규칙과 경쟁 관계도 마찬가지야. 지나치게 규칙을 엄격하게 하면 경쟁이 안 돼. 또한 경쟁이 지나쳐 규칙이 무너져도 안 되지. 우리는 규칙과 경쟁이 잘 어울리는 어디쯤에서 경제활동을 하도록 제도를 만들어야 해. 합리성과 비합리성도 마찬가지야. 선택을 할 때 합리성과 비합리성이 잘 어울리도록 해야 하지 않을까?"

아빠는 내가 미처 생각지 못한 점을 짚어주었어.

"특목고를 갈 재주가 되면 거기 가도록 해. 너는 지금 지나치게 기회비용이 큰 선택을 하려고 해. 네 선택은 지나치게 비합리성에 치우쳤어. 완벽한 경쟁이 불가능한 사회에서 지나치게 완벽한 경쟁 쪽을 택하려 해. 그 선택이 네 꿈마저 잡아먹을지도 모르는데도 말이야."

아빠는 이때 잠깐 말을 멈추고 나를 그윽하게 바라보셨어. 그러더니 결정타를 날리셨지.

"공정한 축구 경기를 하려면, 먼저 축구 선수가 되어야 해."

"아!"

나도 모르게 깊은 탄식이 흘러나왔어.

"수준 높은 경제경영 공부를 하려면 특목고나 자사고를 가. 거기서 너는 더 많은 배움을 얻을 거야. 일반고에 가면 네가 하고 싶어도 못하는 일들이 많아. 특목고나 자사고에 가서 거기서 네 꿈을 펼쳐. 이상도 좋지만, 현실도 알아야지. 지나치게 이상으로 흐르다 보면 너는 네가 이루고자 하는 바를 이루지 못할 거야. 이상은 현실이 뒷받침되어야 해. 재주와 힘도 없으면서 이상만 꿈꾸는 사람을 우리는 몽상가라고 불러."

아빠 말이 끝나고 나는 아무 말도 하지 않았어. 두 손 끝으로 코를 비비며 생각에 잠겼지. 단단하던 내 마음이 심하게 흔들렸거든.

"고마워요, 아빠."

"뭘?"

"오늘 이렇게 정성들여서 얘기 해주셔서요."

"그러게, 이런 얘기 자주 나누어야 했는데, 어쩌다 보니 네가 이렇게 커버렸구나."

아빠가 내 어깨를 툭 치더니 일어났어. 나도 따라 일어났지.

"강요는 안 할게. 너 말하는 거 보니 강요해서 될 일도 아니구나."

"아빠 말 되새기고, 다시 생각해 볼게요."

"엄마가……, 널 꼭 설득하라고 했는데……."

"엄마한테 잔소리 듣지 않게 해드릴게요."

내가 웃으며 말했고, 아빠는 그런 나를 보며 따라서 웃었어.

내가 그 뒤에 어떤 선택을 했는지는 네가 아니까 굳이 말하지 않을게. 아무튼 그날 아빠와 나눈 대화는 아빠에 대한 내 생각을 밑뿌리부터 바꾸게 했어. 아빠는, 참, 좋은 분이야. 다정다감하고. 그래서 더 아쉬워. 이렇게 좋은 아빠와 어린 시절에, 더 많은 시간을 보냈다면, 얼마나 좋았을까? 얼마나 행복했을까? 어린 시절에 아빠와 함께 수많은 추억들을 쌓았다면 얼마나 삶이 넉넉할까? 아쉽고, 또 아쉬워.

그날 나누었던 말들, 아빠 눈빛, 아빠 말투, 아빠 몸짓, 모두 다 기억이 나. 아마 아주 오랜 시간이 흐른 뒤에도 결코 잊히지 않을 거야. 우리 아빠, 참 멋진 분이셔.

오빠가 얘기하지 않아도 아빠가 참 좋은 분이라는 걸 나도 알아. 아빠는 내가 애교를 부리면 다 들어주셔. 오빠는 안 그렇지? 아빠는 딸 바보야. 엄마는 아빠 앞에서는 내가 늘 여우처럼 군다고 투덜거리시는데, 난 엄마 말이 칭찬으로 들려. (ㅋ_ㅋ) 아빠는 마음이 여리셔. 그래서 좋아. 내가 오빠보다 아빠와 훨씬 가깝지만 아빠와 그런 이야기를 나눈 적은 없어. 아빠와 그런 깊은 이야기를 나누다니, 부러워. 나도 때가 되면 아빠랑 꼭 그런 이야기를 나누고 싶어. 아마 큰 힘이 될 거야.

오빠!

공정하지 않은 경쟁은 학교에서도 참 많아. 얼마 전에 나도 아주 크게 느꼈어. 오빠도 잘 알듯이 내가 그렇게 운동을 잘하는 편이 아니잖아. 음악과 미술은 그나마 낫지만 체육은 정말 힘들어. 그래서 체육 점수를 잘 받으려면 엄청나게 연습하고, 또 연습을 해야 돼. 내가 초등학교 때 배구 연습한다고 엄마 괴롭힌 일 생각나? 나는 배구를 정말 못했는데, 체육 수행평가가 배구였어. 그래서 밤마다 엄마에게 부탁해서 아

파트 빈터에 나가 배구 연습을 했지. 저녁 늦게 학원이 끝난 뒤에 와서도 엄마를 불러내서 배구 연습을 하는 바람에 엄마가 독종이라며 혀를 내두르기도 하셨어. 오빠도 적당히 하라며 말리기까지 했지.

1학기 때 우리 학교 체육 실기가 탁구였어. 나는 탁구를 해 본 적이 없기 때문에 정말 부지런히 연습을 하려고 마음먹었는데, 아, 글쎄, 두어 번 수업하더니 바로 시험을 보겠다는 거야. 그것도 잘하는 애들이랑 뒤섞어서 승패로 점수를 주겠대. 내가 해 본 적도 없는 탁구로 실기 시험을 보는 거야 어쩔 수 없다고 생각해. 그렇지만 어느 정도 연습할 시간은 주고, 탁구를 익힐 시간은 줘야지. 몇 번 하지도 않고 다짜고짜 시합을 해서 성적을 매기겠다고 하면 어떡하라는 거야?

오빠도 기억나지? 내가 미친 듯이 연습했던 거. 며칠 동안 엄마와 같이 탁구장 가서 탁구를 했지만 실력은 안 늘고, 경기를 했는데 맨날 깨지기만 하고. 완전 불공정했어. 체육 선생님은 탁구 못하는 애들이 따져도 듣는 척도 안 했어. 그거 알아? 우리 반에 탁구 동아리 애들이 있는 거? 걔들과 시합을 하면, 해보나 마나지. 걔들이 모조리 이기고, 나머지 애들끼리 점수를 나눠 가졌는데, 나는 그 점수조차 얻기 힘들었어. 어찌나 속상하고 눈물이 나던지, 학교생활이 그렇게 힘든 적은 처음이었어.

마지막엔 실력이 조금 늘어서 몇 번 이겼지만, 이미 때는 늦었지. 아마 다른 실기 시험이 없고, 이론 시험 비중이 낮았다면 나는 그야말로 처참한 점수를 맞았을 거야. 그때 일은 떠올리기만 해도 아찔해. 앞으

로도 체육 점수는 늘 걱정이야. 중학교 내신 점수 하나, 하나에 이렇게 목매고 살아야 하니, 한 과목만 망쳐도 미래를 걱정해야 하다니, 휴~, 저절로 한숨이 나온다.

오빠 편지를 읽고 학교에 갔는데, 때마침 오늘 학교에서 공정함이 뭔지 고민해야만 하는 상황이 펼쳐졌어. 체육시간이었는데, 팔굽혀펴기로 점수를 매기기로 한 거야. 체육 선생님은 여자애들은 무릎을 꿇고 팔굽혀펴기를 하라고 했고, 남자애들은 무릎을 반듯하게 펴고 팔굽혀펴기를 하라고 했지. 남자애들이 엄청 따지고 들었지만, 체육 선생님은 들어주지 않았어.

"모두 다 똑같이 하는 게 공정함은 아니야. 약한 사람은 배려해주는 게 진짜 공정함이지. 여자애들이 힘이 더 없으니까."

그 말을 들은 남자애들은 난리가 났지.

"여자애들이 얼마나 힘이 센데요?"

"싸우면 우리가 져요."

"같은 조건으로 겨뤄야 공정하지 않나요?"

쏟아지는 남자애들 불만을 체육 선생님은 받아들이지 않았고, 남자애들은 어쩔 수 없이 선생님이 하라는 대로 따를 수밖에 없었어. 여자애들은 아무 말도 안 했어. 그때 나는 엄청 고민했어. 체육 선생님 말이 맞는지, 남자애들 항의가 맞는지 판단을 내리기 어려웠거든. 남자애들 말처럼 여자애들이 힘이 더 세진 않아. 그건 몇몇 여자애들이 남자애들을 자주 때려서 여자애들이 더 힘이 세다고 말하지만, 내가 겪은 바로는 남자애들을 때리고 다니는 애들이 진짜로 힘이 세지는 않거든. 그냥 됨됨이가 왈가닥이어서 그럴 뿐이야.

공정하려면 완벽하게 같은 조건에서 경쟁을 벌여야 할까, 아니면 이길 확률을 엇비슷하게 만들어 놓고 경쟁해야 하는 걸까? 그러니까 메시와 오빠가 축구 대결을 한다고 할 때, 똑같은 복장을 갖추고 맞대결을 벌여야 공정할까, 아니면 메시 발에 모래주머니라도 채워놓고 축구를 해야 공정할까 하는 문제인 셈인데……, 정말 모르겠어. 무엇이 공정한지는.

오빠!

아무리 따져 봐도 완벽한 공정함이란 없는 듯해. 어차피 사람들은 타고난 재능, 성별, 부모, 지역, 지능 등이 다 다르잖아. 그래서 하는 말인데, 지나치게 깨끗하고 바르게 살려는 태도에서 오빠가 벗어났으면 좋겠어. 깨끗함이 지나치면 결벽증이 되고, 바르게 살려는 태도가 지나치면 고집쟁이가 돼. 오빠가 조금만 더 융통성 있게 살면 좋겠어.

06

불안, 꿈을 집어삼키는 블랙홀

남자애들 투덜거림이 내 귀에까지 들리는 듯하네. (ㅎㅎㅎ)

우리 때도 마찬가지였어. 남자애들이 억울하단 말을 많이 했지. 여자 선생님들은 같은 여자라고 여학생 편들고, 남자 선생님들은 여자애들이 귀엽고 약하다고 여학생 편들고. 선생님들 가운데 아무도 남학생 편이 아니었지. 그래서였을까? 남녀 차별하지 않고 공정하게 대하는 선생님이 우리는 가장 좋았지. 불공정한 선생님을 가장 싫어했고. 물론 우리가 생각하는 공정함은 진짜 공정함이 아닐지도 몰라. 그럼에도 우린 공정함을 좋은 선생님과 나쁜 선생님을 가르는 으뜸 기준으로 여겼지. 고등학생이 되었지만 크게 달라지지 않았어. 여전히 남학생들은 불만이 많아. 선생님들이 여학생들만 더 좋아하고 보호한다고 말이야. (쩝~ ^.−)

예은아!

왜 우리는 10대에 모든 삶을 다 결정해야 할까? 제대로 알지도 못하는데, 세상도 잘 모르고, 직업 세계도 잘 모르고, 스스로가 어떤 사람인지조차 잘 모르는데, 왜 어른들은 어린 우리에게 이렇게 무거운 짐을 지울까? 친구들과 장래 문제로 이야기를 나누면 꼭 나오는 낱말이 '불안'이야. 미래가 어찌 될지 모른다고 해서 꼭 불안하지는 않아. 나이가 들면 들수록 삶이 바뀔 가능성이 줄어들지만, 앞으로 어떤 삶을 살지 아무도 몰라. 모르는 미래는 무궁무진한 가능성이고, 설렘이야. 물론 우리들은 설레기보단 두렵고 불안하지. 아무튼.

특목고를 가려면 자기소개서(자소서)를 써야 해. 처음엔 자신만만했어. 성적이야 웬만큼 되고, 활동도 많이 했고, 경제와 관련된 책도 많이 읽었고, 내 꿈도 뚜렷하고, 봉사활동도 한 곳에서 꾸준히 했으니까 잘되리라 믿었지. 그런데 막상 쓰려고 하니 힘들더라. 어떻게 써야 할지 막막하더라. 엄마와 특목고를 지원하네 마네로 다퉜는데, 자기소개서를 쓰려고 보니 합격을 당연하게 여겼던 마음은 그저 현실을 모르는 내 오만이었지. 몇날 며칠을 혼자 머리를 쥐어짜다, 하는 수 없이 도움을 줄 만한 사람을 찾았어. 도움 받을 사람을 찾는다는 말을 엄마와 아빠에겐 하지 않았는데, 자신만만했던 내가 부끄럽고 민망했기 때문이야.

그때 내가 도움을 청했던 사람은 사촌인 현주 누나야. 현주 누나는 대학교 2학년이고, 으뜸 대학은 아니지만 그래도 서울에서 꽤 알아주는 대학을 다녀. 너도 알겠지만. 현주 누나는 수시 전형으로 대학에 합격했기 때문에 자기소개서 도움을 받을 만했어. 내 선택은 옳았지. 누나는 내 경험과 꿈을 쭉 듣더니 자기소개서 틀을 어떻게 짜면 좋을지, 어떤 내용을 알맹이로 내세울지 도움말을 주었어. 나는 누나가 말한 그대로 쓰지는 않았지만, 역시 앞서 경험한 사람이 해주는 이야기는 큰 도움이 돼.

어느 정도 자기소개서 틀을 잡은 뒤에 내가 투덜거렸어.

"누나, 써놓고 나니까 어째 '나를 꼭 사주세요' 하고 그럴 듯한 상품으로 꾸미는 느낌이 들어. 내가 사람이 아니라 상품으로 팔리는 물건이 된 듯해서 씁쓸해."

누나는 내 말을 듣더니 키득키득 웃었어.

"야, 야, 뭐 새삼스럽게 그런 말을, 우린 어차피 상품이야. 어릴 때부터 높은 대학 가려고 왜 미친 듯이 공부했겠어? 너나 나나 잘 팔리려고, 되도록 비싼 값에 팔리려고 발버둥 치며 산거야. 되도록 그럴싸한 상품으로 보이려면 이름이 널리 알려진 대학 졸업장이 있어야 하고, 그럴 듯한 봉사정신과 도전정신으로 포장한 상품으로 보이게 해야지."

심각한 이야기인데 누나는 웃으며 말하더라. 웃음에서 차가운 기운이 물씬 배어났지.

"네가 조금 전에 틀을 짠 자기소개서만 봐도 그래. 그럴싸하게 꾸미지 않으면 안 돼. 포장지에 겉멋을 잔뜩 들여야지. 그렇다고 과대

포장은 안 돼. 겉을 지나치게 화려하게 꾸미면 속이 부실하다고 여길 수도 있으니까. 참 모습을 스리슬쩍 드러나게 해야지. 넌 그게 잘 안 돼서 어떻게 써야 할지 처음에 헤맸던 거고."

"누나 말 들으니, 자기소개서 써서 특목고를 꼭 가야 하나 다시 고민이 되네."

"야, 야, 야! 그런 소리 마. 네가 나 만나고 특목고 포기했단 말이 막내 이모 귀에 들어가면, 나 맞아 죽어."

"크크크, 알았어. 그냥 해 본 소리야."

"흔히 겉보다 속이 먼저라고 해. 겉을 아무리 가꿔도 속이 비면 성공도 어렵고, 행복하지도 않는다고. 말은 그래. 물론 진짜는 안 그렇지. 기업들이 쏟아내는 광고를 봐. 광고는 사람들한테 속을 가꾸라고 말하지 않아. 내면을 키워서 행복해지라고 권하지 않아. 그냥 겉만 꾸미라고 하지. 큰 아파트에 살면 행복하고, 비싼 차를 타면 행복하고, 뽐낼 만한 옷을 입으면 기쁨이 찾아오고, 음식을 먹으면 마음도 몸도 건강해지고, 다 그렇게 광고하잖아. 기업으로서는 그럴 수밖에 없어. 내면을 기르라고 하면 누가 기업이 만든 상품을 사겠어. 사람들이 다 내면을 기르는 일에만 마음을 쓰면 다들 그냥 먹고 사는데 쓸 물건만 사겠지. 그럼 기업들은 다 망해. 기업들은 사람들이 끊임없이 물건에 욕심을 내도록 만들어. 물건을 더 많이 가지면, 성능이 더 좋은 물건을 가지면, 더 비싼 물건을 가지면 지금 닥친 불만이 사라지고, 행복이 찾아온다고 믿게 만들지."

“기업들이 광고로 하는 말이 어느 정도 맞는 말이기도 해. 요즘 사람들은 물건을 많이 가지면 행복함을 느끼잖아.”

“그런 점이 없진 않지만, 물건에서 얻는 행복은 얼마 안 가서 금방 사라져. 물건으로 행복해지려는 사람은 끊임없이 물건을 사들일 수밖에 없지. 그래봤자 진짜 원하는 행복은 안 오겠지만. 마약 중독이랑 비슷해. 마약은 강렬한 황홀감을 주지만, 금방 사라져. 사라지고 나면 강렬한 황홀감이 그리워서 다시 찾게 돼. 다시 마약을 하면 황홀감이 처음 같지 않아. 더 많은 마약을 해야 처음 느낀 황홀감을 느끼게 되지. 그렇게 점점 많은 마약을 찾지만, 황홀감은 점점 줄어들어. 그럴수록 더 강열한 마약을 찾게 되고, 삶은 끝장나는 거야. 상품으로 행복감을 채우려는 사람들도 똑같아. 처음엔 물건이 주는 행복이 꽤 크지만, 점점 물건을 사서 얻는 행복감이 줄어들어. 행복감을 채우려고 더 많이, 더 비싼, 더 새로운 물건을 찾아 나서게 되지. 끊임없이! 마치 마약 중독처럼.”

“어째 누나 말을 들으니 기업들이 모두 마약상처럼 나쁜 짓을 벌이는 범죄자 집단 같네. 광고학과에 다니는 누나가 그런 말을 하니까, 묘하다.”

“기업이 범죄자 집단은 아니지만, 물건으로 행복을 구하는 짓이 마약으로 황홀감을 얻으려는 짓과 다를 바 없다는 거야.”

“뭐, 어쨌든 광고는 사람들에게 물건을 사라고 부추기는 짓이긴 해. 누나 말처럼 속을 가꾸라고 광고가 말하진 않지. 겉치레에 힘을 쏟으면 속을 가꾸지 않아도 행복하고 보람된 삶을 살 수 있다고 꾀지."

"광고가 사기술과 똑같다고 보긴 어렵겠지만, 사람을 꾄다는 점에서는 엇비슷하긴 하지. 광고를 배우다 보면 사람 심리를 교묘하게 파고드는 기법들을 많이 접해. 처음에는 참 재미있었는데 배우면 배울수록 무슨 사기술을 배우는 느낌이 들더라니까. 물론 우리가 물건을 사고파는 사회에 사니까 제대로 된 상품 정보를 알려주는 광고나 마케팅은 꼭 있어야 해. 그렇지만 꼭 써야 하는 물건이 아닌데도 마치 없으면 안 되는 물건처럼 느끼게 만들고, 진짜 쓸 물건보다 더 많이 사게 만드는 기법을 배우다 보니, 많이 괴로워."

전공과목을 배우는데 괴로움을 느끼면 어떤 기분일까? 난 아마 그러면 바로 학교를 그만두고 말 거야.

"누가 어떻게 만들어서 퍼트린 생각인지는 모르겠지만 누나 말대로 많이 가지면 행복하고, 높은 자리에 오르면 성공이고, 새로운 물건을 가지면 더 멋진 사람이고, 겉이 그럴 듯하면 괜찮은 사람이란 생각이 우리 안에 가득해. 이제 생각난 건데, 초등학교 내내 겉치레엔 눈곱만큼도 마음을 쓰지 않던 예은이가 6학년이 된 뒤에 화장을 하는 거야! 예뻐 보이고 싶은 마음도 알고, 나도 그게 나쁘다고 여기진 않지만, 겉치레를 쳐주는 세상 분위기에 예은이도 이래저래 영향을 받는다고 생각하니 좀 씁쓸했어."

"야, 야, 이야기하면 할수록 마음만 무겁다. 그만하자. 그나저나 넌 활동도 엄청나고, 책도 어마어마하게 읽었네. 봉사활동도 장난 아니고. 중학생이 너 같은 스펙 만들기 쉽지 않은데, 고등학생도 부러워할 스펙이다."

누나는 진심으로 놀라는 얼굴빛이었어.

"나도 고등학교 3년 내내 스펙 만들려고 미치는 줄 알았어. 생활기록부에 한 줄이라도, 한 낱말이라도 더 넣으려고 전투를 벌였는데, 그 짓을 대학 가면 안 할 줄 알았는데, 야, 이건 더 심해. 고등학교 때가 칼 휘두르고 활 쏘는 전투라면, 대학은 대포 쏘고 폭격기 날아다니는 전투야. 무서워. 아주 피가 마른다, 피가! 모두들 기업들 눈에 드는 스펙 쌓아서 매력 넘치는 상품이 되려고 눈이 뻘겋게 달아올랐어. 요즘은 스펙으로는 안 된다고 하면서, 자기 꿈을 이루는 과정에서 겪는 이야기를 만들래. 도전의식과 창의력을 뽐낼 수 있는 재주를 기르래. 나 참, 그게 말이 된다고 생각해? 어떻게 모든 애들이 다 시련을 겪고 그걸 이겨내고, 큰 꿈을 품으며 도전정신과 창의력으로 무장을 하냐고. 선배들이 기업에 내려고 쓴 자기소개서를 보면 다들 스티브 잡스나 빌게이츠 같아. 뭐하는 짓인지 모르겠어."

"그래서 내가 CEO가 되려는 거잖아. 나는 그렇게 남에게 팔려나가려고 겉치레를 꾸미면서 젊음을 낭비하고 싶지 않아. 눈에 잘 띄어서 기껏 비싸게 팔리면 뭐해. 그래봤자 우리 아빠처럼 저녁도 없고 주말도 툭하면 나가서, 자식 얼굴도 제대로 못 보는데 말이야."

내가 차갑게 비웃으며 말하자 누나가 내 팔을 툭 쳤어.

"야, 야, 그런 말 하지 마. 이모부처럼 되기만 해도 나는 소원이 없겠다. 내가 만약 이모부처럼 재주가 있고 학벌도 좋아서 이모부 회사 같은 곳에 팔려나갈 수만 있다면, 나는 아무리 늦은 밤까지 일해도 좋아. 아무리 힘들어도 돈을 벌잖아. 집도 생기고, 결혼할 수도 있고. 나에겐 그런 꿈조차 사치야."

나는 단 한 번도 아빠 삶을 부러워해 본 적이 없어. 아니 늘 끔찍하게만 여겼고, 어떤 경우에도 아빠처럼 살지 않겠다고 다짐하고 또 다짐했어. 내가 그렇게 싫어하는 삶을 이리도 간절하게 바라는 사람이 있다니, 망치로 뒤통수라도 한 대 맞은 기분이었지.

"내가 만약 이모부 같이 된다는 보장만 있다면, 나는 지금 벌이는 스펙 전쟁을 기쁜 마음으로 치러낼 거야. 시련과 극복이 담긴 이야기를 만들어내라고 하면 만들어 낼 거고, 도전정신과 창의력을 기르라고 하면 무슨 수를 써서라도 기를 거야. 그렇게 해서 이모부처럼 된다면."

"으으으음……!"

나도 모르게 입에서 앓는 소리가 나왔어.

"그래서 요즘은 나도 공무원 시험을 준비할까 깊이 고민해."

요즘 대학생이나 청년들이 공무원 시험을 많이 준비한다는 뉴스는 숱하게 접했지만, 나와 아주 가까운 사람이 가려던 길을 접고 공무원 시험을 준비하는 말을 들으니 조금 놀라웠어. 내 마음은 얼굴빛으로 그대로 드러났고, 누나는 그런 내가 조금 뜻밖이었나 봐.

"왜 그렇게 놀라? 요즘 대학생 가운데 공무원 시험 볼지 말지를 두고 한번쯤 고민 안 해본 사람이 누가 있다고? 합격만 하면 그 어떤 직장보다 나아. 기업 눈에 들려고 스펙에 학점에 봉사에 도전정신에 멋진 이야기까지 만들려고 미친 짓을 끝도 없이 하다보면, 차라리 경쟁률이 높아도 공무원 시험 준비가 낫지 않을까 하는 생각을 종종 하게 돼."

"뉴스에서 공무원 시험 준비생이 많다는 이야기는 들었지만, 설마 누나까지 그런 생각을 할 줄은 정말 몰랐어."

"야, 야, 그런 실망스런 얼굴빛을 대놓고 하지는 마. 나도 괴로워. 그래도 어쩌겠냐. 현실이 그런 걸."

현실이 그런 걸, 현실이 그렇다는 말, 익히 듣던 말이지만, 현실이 얼마나 매서운 한겨울보다 무서운지는 잘 알지만, 현주 누나가 보인 태도를 그대로 헤아리고 넘어가긴 싫었어. 나는 누가 뭐래도 이상주의자니까.

"공무원은 국민에게 봉사하는 사람들이니 봉사정신이 강해야 하고, 책임감이 커야 해. 개인 이익보다는 사회 모두를 앞세울 줄도 알아야 하고, 우리 사회를 올바른 길로 이끌겠다는 뜻을 품고, 어떻게 하면 국민이 살기 더 좋은 사회가 될지 아는 사람이어야 해. 그런 사람이 공무원이 되어야 나라가 제대로 굴러가. 물론 현실은 안 그래. 다들 안정되게 살려고 공무원이 되려고 해. 그러니까 공무원들이 시민 편에서 일을 하지 않고, 툭하면 비리를 저지르지."

나는 점점 부아가 치밀어서 목소리를 높였어.

"누나도 겪어서 알겠지만 선생님들 가운데 엉망인 분들이 많아. 선생님들이 엉망이면 그 밑에서 배우는 학생들이 받는 고통이 아주 커. 가치관과 정서가 만들어지는 10대에 엉망인 선생님을 만나면 정말 큰 불행이야. 왜 그런 선생님들이 많겠어? 그냥 돈이나 안정된 직장만 보고 선생님이 되기 때문이야. 공무원과 선생님만 문제가 아니야. 우리 사회 곳곳에 오직 돈과 안정만 보고 그 직업을 택한 사람이 부지기수야. 그런 사람들이 우리나라를 엉망으로 만들어 버렸어."

"네 말이 맞아."

누나는 진한 한숨을 내쉬며 말했어.

"그렇지만, 네가 현실을 머리가 아니라 몸으로 조금만 더 겪어보면, 너도 네가 옳다고 믿는 바를 끝까지 지킬 자신이 줄어들 거야."

그때 엄마가 들어오지 않았다면 누나가 공무원 시험을 볼 생각을 접을 때까지 논쟁을 벌였을지도 몰라.

"무슨 일이니?"

엄마는 내 목소리가 커지니 놀라서 문을 열고 들어왔고, 그 바람에 우리 대화는 끊겼어. 누나가 간 이후에도 나는 자꾸 누나 말이 떠올라서 잠이 오지 않더라. 왜냐하면 내가 대학생이 된 뒤에 나도 누나처럼 될 수도 있기 때문이야. 어쩌면 취업에 힘들어하다가 아빠처럼 되기라도 하면 좋겠다는 생각을 하게 될지도 몰라. 내가 싫어하는 그 끔찍한 삶을 내가 바라게 될지도 모른다니 소름이 돋더라. 그래서 잠을 못

잖지.

예은아!

문제는 불안이야. 알맞은 불안은 알맞은 긴장을 만들고, 알맞은 긴장은 통통 튀는 에너지를 만들어서 뜨거운 삶을 이루게 해 줘. 그러나 불안이 어느 수준을 넘어서면 불안은 모든 의욕을 꺾어버리고, 오직 불안에서 벗어나면 좋겠다는 생각만 하게 만들지.

큰 불안을 개인 힘으로 줄어들게 하기는 쉽지 않아. 아무리 개인이 애를 써도 사회에 불안한 기운이 넘쳐나면 힘없는 개인은 어쩔 수 없이 불안에 휘말려 들 수밖에 없기 때문이지. 사회에 넘쳐나는 불안을 줄이려고 만든 제도가 많은데, 그 가운데 하나가 바로 '사회복지'야. 사회복지는 지나친 불안에서 벗어나 사람이 사람답게 살도록 하려는 뜻에서 마련한 제도라고 보면 돼. 우리나라 국민은 누구나 사람답게 살 권리가 있고, 국가는 국민이면 누구나 사람답게 살 수 있게 뒷받침할 의무가 있어. 사회복지는 국민이 사람답게 살 수 있도록 국가가 뒷받침해 주는 제도인 거야.

만약 사회복지제도가 잘 갖춰지면 우리가 느끼는 불안은 아주 많이 줄어들 거야. 아무리 가난해도 아프면 치료받을 수 있고, 늙어도 사람답게 살 돈이 나오고, 장애인이어도 비장애인 못지않게 다양한 삶을 누릴 수 있고, 학별이 없어도 일자리를 얻고, 노력한 만큼 돈을 벌 수 있다면, 누가 불안을 느끼겠니? 누구나 아플 수 있고, 누구나 일자리를 잃을 수 있고, 누구나 장애인이 될 수 있고, 누구나 아이를 키우면 힘들고, 누구나 나이가 들어. 아프고 실업자가 되고 장애인이 되고 나이가 들어도 내가 사람답게 살 수 있는 보장이 있다면 불안은 크게 줄어들 거야.

어떤 이들은 사회복지가 사람을 게으르게 한다고 말해. 사회복지 때문에 사람이 게을러지고, 게을러지면 사회가 발전하지 않는다고 말하지. 그런 비판이 아주 틀리지는 않지만, 그런 비판을 하는 사람들은 사회복지가 제대로 갖춰지지 않으면 사회발전도 되지 않는다는 점을 놓치고 있어. 사회복지제도가 잘 갖춰지지 않으면 사람들이 불안을 크게 느껴서 겁을 먹어. 요즘 똑똑하고 공부 잘하는 애들을 봐. 연구를 하거나, 기업을 만들거나, 하고 싶은 일을 이루려고 도전하는 애들이 별로 없어. 왜 그럴까? 너도 알다시피 불안하니까 그래.

도전을 하다가 실패해도 삶이 망가지지 않는 보장이 된다면 누가 도전을 안 하겠어? 사람으로 태어나 멋진 일을 하고 싶지 않은 사람이 얼마나 되겠어? 우리 사회는 한 번 실패하면 절벽 아래로 떨어질 걱정을 해야 해. 그러니 실패하면 어쩌나 싶어서 움츠러들지. 그러니까 다들 의사, 공무원, 교사 되겠다고 난리지. 하도 불안하니까 애도 안 낳으려고 해. 아예 결혼도 안 하려고 하지. 그런 사회가 어떻게 발전하겠어. 불안은 어느 수준을 넘어가면 사회를 파괴해. 사회를 후퇴하게 만들어.

뭐든 알맞아야지. 늘 그렇듯이. 불안이 지나쳐선 안 되고, 복지도 지나쳐선 안 된다고 생각해. 물론 어떤 복지 수준까지가 지나침이고 어떤 수준까지가 알맞음인지는 사람마다 생각이 다르겠지. 나도 아직은 잘 모르겠어. 그건 더 많이 공부해 봐야 돼.

예은아!

불안하기에 우린 안정을 바라지. 너도, 현주 누나도 그래서 9급 공무원이 되고 싶겠지. 엄청난 불안에서 벗어나는데 그보다 좋은 직장은 없으니까. 나는 네가 9급 공무원이 되고 싶다는 마음을 접고, 진짜 너의 꿈을 찾기를 바라면서도, 또 한편으로는 과연 내가 그렇게 말해도 되나 싶기도 해. 나조차도 내 꿈을 접고 그냥 9급 공무원 시험이나 지금부터 준비해버릴까 하는 생각이 드니까, 말 다했지 뭐.

그럼에도, 나는 나다움을 잃고 싶지 않아. 내 꿈을 버리고 안정만 좇으며 살고 싶지는 않아. 내 모든 신념과 가치를 다 버리면서까지 안정되게 살고 싶지는 않아. 나는 목표를 이룬 뒤에 더 불행해진 '기기'처럼 되고 싶지 않아. 나는 나로 남고 싶어. 내가, 어렵고 힘들지만, 내 꿈을 꿋꿋하게 움켜쥐고 살아가는 이유야.

답장 06

오빠에게!

화장이 겉치레란 말, 나도 알아. 겉보다 속이 먼저라는 말, 나도 옳다고 여겨. 나도 화장을 아주 좋아하지는 않지만, 그냥 해야 되는 상황이니까 할 뿐이야. 속이 아름다워도 애들이 알아주지도 않고. 얼굴이 못생겨 보이면 괜히 놀려. 놀림 받으면 지내기 힘들어. 애들은 겉치레에 신경을 많이 써. 그럴만한 나이가 돼서 그런지도 모르겠고, 겉만 그럴싸하면 된다고 떠들어대는 세상 탓도 있겠지. 우리 국어 선생님이 이런 말씀을 하시더라고.

"겉이 예쁜 꽃은 가까이에서만 그 예쁨을 보지만, 향기가 아름다운 꽃은 멀리 떨어진 곳에서도 느껴진다. 난초와 같은 향을 지닌 이는 지구 반대편에 있어도 다들 알아."

국어 선생님은 화장을 말리지는 않지만 늘 내면이 지닌 아름다움을 키우라고, 문학을 읽고 아름다운 정신을 키우라고 하셔. 그런 말을 들으면 어떤 애들은 "속을 아름답게 가꿔서 밖으로 튀어나오게 하려면 철갑을 맨손으로 뚫는 일보다 어려울 거야." 하면서 더 부지런히 화장을

해(애들 웃기지? ^.^). 엄마도 화장하지 말라고는 안하시더라. 아니 오히려 하려면 제대로 하라고 하시지. 좋은 화장품 쓰라면서 나한테 좋은 화장품을 고르는 법도 알려주셨어. 물론 돈도 주셨고. (아싸! ㅎ.ㅎ)

겉치레 꾸미는 이야기를 하니까 또다시 『모모』에서 읽었던 대목이 떠오르네. 회색신사들은 많은 사람들이 제 삶을 잃고 바쁘게 살게 만드는데 성공해. 마침내 한 회색신사가 모모를 찾아가지. 회색신사는 모모에게 선물을 줘. 바로 예쁜 바비인형! (나도 어릴 때 참 좋아하던 인형이었는데!~) 모모는 나와 달리 무슨 말을 해도 웃기만 하고 예쁘기만 한 바비인형과 제대로 놀지 못해. 지루했거든. 그때 회색신사는 모모에게 바비인형을 꾸미는 물건을 끊임없이 사라고 부추겨. 야회복, 밍크코트, 실크 잠옷, 테니스복, 스키복, 속옷, 핸드백, 귀고리, 깃털 모자, 방향제, 향수 등을 계속 사들이면 지루할 틈이 없다고 하지. 바비인형을 꾸밀 물건을 사들이다가 질리면, 새로운 인형 친구를 마련하고 인형 친구를 꾸미는 물건을 또다시 끊임없이 사들이라고 해. 그 친구가 질리면 또 새로운 친구가 나오고, 사람이 질리면 집이 나오고, 차가 나오고, 백화점이 나와! 그렇게 끊임없이 사들이면 지루할 틈이 없다고 하지.

현주 언니는 기업들이 사람들에게 끊임없이 물건 욕심을 내게 한다고 말했는데, 그 말을 듣고 보니 물건으로 사람들을 꾀어내는 기업이 회색신사와 다를 바 없다고 느꼈어. 아니 똑같다는 생각이 들더라. 시간을 아끼게 만든 회색신사도 기업, 물건을 끊임없이 사게 만드는 회색신사도 기업이네! 이렇게 되짚어 보니 『모모』는 판타지 소설이 아니라 경제학 책 같다.

물론 모모는 회색신사가 한 제안을 받아들이지 않아. 그때 모모가 회색신사가 한 제안을 거절하면서 한 말이 뭔지 알아? 사랑할 수가 없대. 사랑하고픈 마음이 들지 않는대. 와! 정말 놀랍지 않아? 모모는 우리에게 아무리 좋은 물건이 많아도, 끊임없이 물건을 사들여도 사랑은 찾아오지 않는다는 진실을 말하는 듯해. 더 많이 가지면 더 많이 행복해지리란 믿음은 착각이라고 일깨우는 거지. 아니 어쩌면 더 많이 가질수록 더 갖고 싶다는 욕망이 커지므로, 많이 가질수록 더 가난하다고 느끼게 된다는 역설을 깨우쳐 주려는 건지도 몰라.

오빠!

불안, 겨우 중학교 1학년인 나도 많이 느껴.

나는 불안을 시험 때 많이 느껴. 그냥 시험을 못 보면 어쩌나 하는 불안이면 견딜만해. 그렇지만 시험을 한 번 망치면 고등학교 입시를 제대로 못하게 되고, 그러면 삶 전체가 뒤틀린다는 생각을 하면 얼마나 불안한지 몰라. 영어 문제 하나 틀리면 끝장날 수도 있는 삶이라니, 그 작은 실수조차 하면 안 된다니, 겨우 중학교 1학년인데 모든 시험에서 완벽해야 하다니, 으으윽, 떠올릴수록 미치겠어.

1학기 기말고사에서 영어 시험 문제 하나를 틀렸어. 원어민이 수업을 할 때 나는 수업을 듣지 못했어. 내 탓도 아니야. 학교에서 하는 행사 때문에 못 들어갔어. 그때 수업한 내용이 시험에 나온 거야. 나는 내 지식으로 답을 썼는데, 선생님은 수업 때 알려준 대로 써야 한다는 거야. 나는 수업을 듣지도 못했는데 말이야. 억울해서 따졌지. 내가 쓰는 낱말도 전체 뜻을 봤을 때 맞다고 말이야. 원어민 선생님도 그 점은 받아들였지만, 수업 때 가르쳐 준대로 쓰지 않았는데도 맞다고 해줄 수는 없대. 나 원 참! 겨우 한 문제인데, 억울하게 틀리고 나니, 어찌나 부아가 치미는지 몰라.

나는 한 문제에 벌벌 떠는데 우리 반엔 시험을 못 봐도 아랑곳하지 않는 아이가 있어. 걔가 공부를 못하지는 않아. 중상위 정도는 하니까. 아예 공부 못하는 애들이야 시험에서 많이 틀리든 말든 마음을 쓰지도 않지만, 어느 정도 공부하는 애들은 시험 점수에 대개 민감한데, 걔는 걱정도 불안도 없어. 됨됨이가 좋냐고? 에휴, 그 반대야.

걔는 시험 문제 틀려서 우리가 호들갑을 떨면 옆에서 비웃으면서 이렇게 말해.

“우리 집은 아주 부자야. 나는 공부 못해도 돼. 우리 집은 돈이 많고, 나는 그 돈으로 살면 되니까.”

한두 번이면 말도 안 해. 툭하면 그렇게 말해. 그래서 아이들이 걔 엄청 싫어해. 아주 꼴불견이거든. 늘 돈 자랑하고, 툭하면 애들한테 뭐 사줘서 인심을 얻어. 애들이 속으로는 싫어하면서 그 돈 보고 같이 다녀. 뭐하는 짓인지 몰라. 걔는 불안하지 않아. 돈이 많으니까. 어휴, 돈이 원수야. 돈이…….

아~! 참, 돈!

돈 하니까 떠오르네.

오빠 나한테 빌려간 돈 아직 안 갚았잖아! 와, 진짜, 너무하네. 갚는다고 해놓고는.

나도 그동안 깜빡 했네.

오빠)↘..↙(빨랑 돈 갚아!!! 그때 말했듯이 이자까지 붙여서~~~

내 친한 친구인 혜진이가 곧 생일이야. 그러니까 빨리 갚아.

착한 오빠가, 올바름을 좇는 오빠가, 동생 돈을 떼먹고 모른 척하진 않겠지?

난, 오빠를 믿어. (^.^)

07

돈 걱정이 없다면 너는 무엇을 하고 싶니?

내가 빚 독촉을 받다니, 무섭네!

깜빡했는데, 너도 깜빡했으면 참 좋을 텐데, 아쉽다. (퍽~ -.-;) 그렇다고 주먹을 휘두르진 말고. 다음 달 용돈을 받으면 갚으려고 했는데, 아무래도 내 창업 자금을 헐어야겠다. (ㅠ.ㅠ) 눈물이 앞을 가리네~.

빛과 빚!

두 글자는 겨우 점 하나 차이야. 그렇지만 아주 다르지. 달라도 정말 달라. '빛'이 밝음이라면 '빚'은 어둠이야. 빛이 자유라면 빚은 족쇄요 노예지. 우리 선조들이 옛날에 식민지와 독재에 짓눌릴 때 빛은 해방과 자유를 드러내는 상징이었어. 어둠을 밝히는 빛, 족쇄를 끊어내는 빛이 그 정반대인 '빚'에 점 하나를 찍으면 만들어지는 글자라니, 꽤나 뜻이 깊다고 봐.

옛말에 '빚은 호랑이보다 무섭다'고 했어. 옛날 사람들에게 호랑이는 사람 목숨을 빼앗아가는 무서운 동물이었어. 보통 사람들은 어떻게 해볼 수 없는 공포였지. 그런 호랑이보다 빚이 더 무섭다고 했으니 말 다했지 뭐. '빚은 일요일에도 쉬지 않는다'는 말도 있어. 사람은 쉬는 날이 있지만, 빚은 일요일에도 쉬지 않고 차곡차곡 늘어나거든. 옛날에는 빚 때문에 자식을 팔아넘기기도 했으니, 빚이 얼마나 무서운지 알만 하지.

할아버지께 들은 이야기인데, 할아버지는 어릴 때 아주 힘들게 사셨대. 땅이 없어서 다른 사람 땅을 빌려서 농사를 지으셨는데, 땅 빌린 값을 내야 했지. 요즘엔 돈을 빌리지만 그때는 땅을 빌렸으니까, 땅을 빌린 뒤엔 농사를 지어서 거둔 곡식으로 갚아야 하는 거야. 심할 때는 거둬들인 농산물 가운데 절반을 바치기도 했다니까, 정말 힘들었을 거야. 그뿐이 아니래.

한 번은 할아버지랑 이런 이야기를 나눴어.

"옛날엔 보릿고개라고 있었어. 보릿고개 아니?"

"보릿고개요? 보리가 많이 나는 고개인가요?"

할아버지는 껄껄껄 웃으시더니, 보릿고개가 뭔지 알려주셨어.

"벼를 심어서 거둬들이는 때가 11월이야. 가을엔 이것저것 많이 나니까 먹고 살만해. 농사 지어놓은 쌀로 겨울을 나기도 어렵지 않고. 벼를 베고 난 들에는 보리를 심어. 보리는 5월말쯤에 거둬들이고, 보리를 거두자마자 모내기를 해. 그런데 보리를 거두기 한두 달 전쯤이면 가을에 거뒀던 쌀이 떨어져. 그때부터는 풀을 뜯어 먹고, 나무껍질 벗겨 먹으면서 버텨. 배고픈 사람들은 하는 수 없이 부잣집에 가서 쌀을 빌려 와. 쌀 한 말을 빌려먹으면 일주일은 일을 해줘야 했어. 그땐 품값은 싸고 곡식 값은 비쌌거든. 빌린 곡식 갚으려고 부잣집 일 하느라 우리 집 일을 못하니 우리 집 농사는 늘 엉망이고, 그러면 또 가을에 거둬들이는 쌀이 적으니 그 다음해에 보릿고개가 오고, 또 고생하다가 쌀을 빌려먹고."

나는 굶고는 하루를 보내기도 힘든데, 할아버지는 어떻게 그런 괴로움을 이겨내셨는지, 참으로 놀라웠어.

"한 번은 방앗간에서 방아를 찧어서 아버지랑 같이 오는데, 아버지가 우리 집으로 들어오지 않고 부잣집으로 들고 가시는 거야. 보릿고개 때 빌렸던 쌀을 5할이나 이자를 덧붙여 갚는데, 그걸 보는 내 속이 오죽했겠냐. 어린 마음에도 어찌나 속상하든지."

그래서였을까? 할아버지는 아빠를 보실 때마다 '빚지지 마라'는 말씀을 되풀이 하셨어. 내가 어렸을 때 그런 말을 참 많이 들었지. 엄마와 아빠는 빚을 끼고라도 조금 큰 집을 장만하려고 했는데, 할아버지는 어떤 경우에도 빚지지 말라며 말리셨고, 하는 수 없이 아빠는 할아버지 뜻을 따랐지. 넓고 좋은 집에서 살고 싶었던 엄마는 불만이 많았지만, 아빠는 할아버지 뜻을 따르기로 하셨고, 그 때문에 두 분 사이가 한동안 차가웠던 기억이 나.

빚은 족쇄야. 빚은 노예들 발을 채웠던 족쇄와 똑같아. 집을 장만하느라, 아픈 가족 치료하느라, 애들 가르치느라 빚을 진 부모들은 빚을 갚기 위해 싫은 일도 해야 해. 흔히 하고 싶은 일 하며 살라고 하지만, 빚은 하고 싶지 않은 일도 하게 만들지. 빚을 진 사람은 등에 무거운 짐을 지고 살아가는 셈이야. 빚을 많이 져서 자살하는 사람도 있으니까, 빚이 얼마나 무서운지 알겠지? 빚이 이렇게 무서운데, 아이러니하게도 자본주의는 빚으로 돌아가. 빚이 없으면 자본주의 경제는 돌아가지 않아. 사람들을 꼼짝없이 얽매는 빚이 없어지면 더 좋지 않느냐고 생각할지 모르지만 그렇지 않아. 모든 사람이 빚지지 않고 살면 어떻게 될까? 여러 가지 일이 벌어지겠지만 딱 하나만 꼽자면 바로 은행이 망한다는 거야. 은행은 사람들이 돈을 빌린 값으로 내는 이자로 먹고 사니까, 사람들이 빚을 다 갚아 버리면 은행이 망하지. 은행이 망하면, 자본주의 경제도 망해.

정부도 빚을 져. 경기가 어려우면 가정이나 기업도 어렵지만 정부도 어려워. 경제가 안 좋아서 세금이 적게 걷히기 때문이지. 그럴 때 그냥 내버려두면 점점 더 어려워져. 다들 주머니 사정이 안 좋아서 돈을 쓰지 않으니까. 그래서 정부가 빚을 내서 돈을 마구 풀어. 정부가 돈을 쓰면 기업은 돈을 벌고, 기업에서 일하는 사람들도 돈을 벌고, 사람들이 돈을 벌면 경기가 좋아지고, 그러면 세금이 늘어나. 늘어난 세금으로 빚을 갚지. 이처럼 정부도 빚을 내야 할 때가 많아. 오늘날 거의 모든 나라 정부는 많은 빚을 지고 있어. 물론 지나치게 많은 빚을 지면 안 돼. 정부도 빚을 못 갚을 수도 있거든. 그렇게 되면 어떻게 되냐고? 나라가 망하지. 외국에서 빌린 돈을 갚지 못해서 우리나라도 1997년에 망할 뻔했어.

기업도 빚을 많이 져. 물론 돈을 많이 버는 기업은 빚 없이 꾸려가기도 하지만, 웬만한 기업은 다 빚이 있지. 기업이 돈을 벌려면 투자를 해야 하기 때문이야. 처음에 투자를 하려면 돈이 많이 들어. 내 돈으로만 투자를 하면 빚은 없겠지만, 그 대신 큰 규모로 사업을 벌이지 못하지. 기업이 돈을 끌어들일 때는 꼭 은행에서 돈을 빌리는 방식만 있지는 않아. 주식을 발행해서 돈을 끌어들이기도 하고, 채권을 발행해서 돈을 모으기도 해. 더 자세히 말해주고 싶지만, 그러면 지루한 경제학 강의가 되니까 이 얘기는 그만할게. 더 궁금하면 너 스스로 공부해 봐.

예은아,

너희 반에도 돈으로 재수 없게 구는 애가 있구나. 돈으로 친구를 사귀고, 돈 많다고 자랑하고, 떠올리기만 해도 재수 없다. 어디 가나 그런 애들이 있는 걸까? 우리 반에도 비슷한 애가 있어. 이름은 재영이야. 너희 반 애는 돈이 많아서 걱정 없다고 말하는 정도지만, 재영이는 돈으로 뭐든지 다 하려고 하고, 진짜로 그렇게 해.

나도 재영이네가 부잣집인 줄은 알지만, 공부와 돈은 별개라고 여겼기에 별로 마음을 쓰지 않았어. 물론 학원도 많이 다니고, 엄청 비싼 과외 선생에게 배운다고는 하지만, 어쨌든 공부는 스스로 하는 거라고 믿었기 때문이지. '믿었기'란 말이 보이니? 그래, 네가 생각한 그대로야. 옛날엔 그렇게 믿었지만 이젠 그렇지 않아. 그걸 확인한 일이 있었기 때문이야.

3학년 1학기, 사회 수행평가를 할 때였어. 주어진 주제도 어려웠지만 PPT와 동영상까지 만들어야 해서 여간 힘들지 않았어. 한 모둠이 겨우 네 명이라 다 같이 힘을 합쳐도 쉽지 않은데, 너도 알다시피 모둠 안에 아무 일도 안 하는 애들이 있잖아? 더구나 그때 다른 과목 숙제에 학원 숙제, 거기에 경제 동아리 활동까지 겹치는 바람에 정말 힘들었어. 그때를 다시 떠올리니, 어휴 생각만 해도 부르르 떨리네.

그런데 말이야, 재영이는 안 그랬어. 재영이도 나와 같이 경제 동아리를 하기 때문에 마찬가지로 힘들어야 했는데, 내가 보기에 전혀 힘들어 하지 않았어. 아니 힘들어하지 않았다는 말도 어울리지 않아. 재영이네 모둠은 아무도 PPT와 동영상 만드는 과제를 하지 않았거든. 다른 모둠 애들은 모두 다 힘들어서 쓰러질 지경인데, 재영이가 속한 모둠은 누구도 움직이지 않는 거야. 심지어 과제를 내는 날이 다음날로 닥쳤을 때까지.

내가 걱정스러워서 재영이와 같은 모둠인 애들한테 물었더니, 애들은 아무렇지도 않은 투로 말했어.

"재영이가 혼자 다 한다고 했어. 그러니까 우린 걱정 안 해."

"같이 해 봐야 수준 떨어지니까 걔가 혼자 한대."

"야, 야, 재영이는 늘 전교 1, 2등 하는데, 혼자 해도 잘 해 오겠지 뭐. 우리야 얹혀 가면 그만이고."

애들은 재영이를 믿고 손을 놓고 있었어. 우린 네 명이서 일주일 넘게 생고생을 해도 안 되는 일을 재영이가 혼자 다 한다니 나는 믿을 수가 없었지. 그래서 재영이한테 물었어.

"사회 수행 과제 너 혼자 다 하겠다고 했다며? 얼마나 했어?"

"아직 손도 안 댔어."

"뭐? 야, 장난 아니야. 우린 넷이 붙어서 두 주째 하는데 정말 힘들어. 다른 모둠 애들도 마찬가지야."

"난 하룻밤이면 돼."

"하룻밤? 말이 되냐? 발표가 내일이야."

재영이는 피식 웃더니 더는 대꾸를 안 했어.

재영이가 아무리 머리가 좋고 솜씨가 있어도 사회 수행 과제를 하룻밤 내에 하기는 어렵지 않을까? 저렇게 만만하게 여기다가 큰코다치리라 생각했지. 그날은 마지막 학원이 재영이와 같은 곳이어서 저녁 10시까지 재영이와 같이 있었어. 과연 그 시간에 집에 가서 네 명이서 두 주나 씨름한 과제를 혼자 해낼 수 있을까?

나는 집으로 돌아 온 다음 모둠 애들과 연락을 주고받으며 과제를 겨우 마무리했고, 잠든 시간이 새벽 2시였어. 힘들었지만 과제를 다 해냈다는 생각에 뿌듯했지. 그리고 잠들기 전에 재영이를 떠올렸어. 재영이는 오늘 밤 안에 해낼까? 설마 못하겠지? 만약 해낸다면? 걔는 완전 천재거나, 괴물일 거야.

다음 날, 사회 시간에 힘들게 준비한 PPT를 발표했어. 동영상은 인터넷에 올려놓고 주소만 제출했지. 우리 모둠은 꽤나 잘했고 선생님도 칭찬했어. 마지막으로 재영이네 모둠이 발표를 하는데, 나는 뒤집어지는 줄 알았어. 이건 뭐 차원이 달라. 애들뿐 아니라 선생님까지 깜짝 놀랄 PPT였지. PPT뿐 아니야. 나중에 동영상을 따로 봤는데, 이건 더 차이가 많이 났어. 도저히 우리가 흉내를 낼 수준이 아니었지.

다들 역시 재영이라고 감탄하는데, 나는 의구심이 들었어. 도대체 저렇게 수준 높은 PPT와 동영상을 언제 만들었을까? 재영이는 밤 10시에 학원을 마치고 집으로 갔고, 그때부터 새벽 3~4시까지 만들었다면 길어야 6시간이야. 그 짧은 시간에 그런 놀라운 PPT와 동영상을 한꺼번에 만든다? 아무리 재영이가 천재라도 있을 수 없는 일이야. 무엇보다도 재영이는 밤을 샌 얼굴이 아니었어. 전혀 피곤해 보이지 않았고, 그날 하루 내내 단 한 번도 졸지 않았어.

'누가 해줬군!'

그 생각밖에 안 들더라. 엄마나 아빠가 해줬을까? 내가 보기엔 아니야. 재영이가 낸 PPT와 동영상은 일반인이 한 수준이 아니야. 엄청난 재주를 지닌 사람, 전문가거나 전문가에 맞먹는 사람이 만든 작품에 가까웠어.

'돈이군!'

나는 재영이에게 묻거나 따지진 않았어. 물어본다고 제대로 말해

줄 애도 아니니까. 그때 느낀 씁쓸함은 아주 진했어.

재영이네 돈이 지닌 힘은 자기소개서를 쓸 때 또다시 느꼈지. 앞서 보낸 편지에서 말했듯이 나는 자기소개서에 쓸 내용은 많았지만, 어떻게 써야 할지 몰라서 무척 힘들었어. 현주 누나에게 도움을 받은 뒤에야 겨우 썼을 만큼. 자기소개서를 쓸 때면 누구나 나와 같은 막막함을 느껴. 그때 특목고나 자사고를 가려고 자기소개서를 쓰는 애들이 많았기에 애들이 얼마나 힘들어하는지 알아. 물론 다들 대놓고 말하지는 않았어. 서로 경쟁자일 수도 있기 때문에. 어떤 애들은 학원에 가서 도움을 받기도 하는 듯 보였고. 학교 선생님들 가운데 도와주겠다고 하신 분도 꽤 있었지.

나는 현주 누나와 딱 한 번 이야기를 나눈 것 빼놓고는 그 누구와도 상의하지 않았어. 자기소개서를 쓸 때도 누나가 말한 대로 쓰지도 않았고. 그렇게 해야 올바르다는 믿음 때문이지. 그렇다고 조금씩 도움을 받는 애들이 아주 나쁜 짓을 한다고 생각하진 않아. 중3이 홀로 쓰기에 자기소개서는 지나치게 어렵거든.

재영이는 처음부터 끝까지 제 힘은 하나도 들이지 않고 자기소개서를 만들어냈어. 어떻게 알았냐고? 처음엔 몰랐는데 어쩌다가 재영이가 자랑삼아 하는 이야기를 들었거든. 재영이가 쓴 자기소개서도 얼핏 보았는데 입이 쩍 벌어지더라. 나와 같이 경제 동아리를 꾸준히 했기에 나도 재영이를 잘 안다고 믿었는데, 자기소개서에 담긴 재영이는 전혀 다른 사람이었어. 어떻게 그렇게 멋지게 자기를 꾸며냈는지, 놀랍더라. 그건 재영이 솜씨도, 학원 선생님 솜씨도 아니었어. 아주 뛰어난 전문가 손에서 태어난 상품이었어. 바로 PPT와 동영상처럼 말이야. 재영이는 성적과 자기소개서가 워낙 뒷받침을 잘해서 그런지 몰라도 아주 쉽게 특목고에 합격했고. 합격한 뒤에 재영이는 별거 아니라는 듯 잘난 척 하고 다녔지.

나는 재영이에게서 돈이 지닌 엄청난 힘을 보았어. 아마 어른 사회는 더하겠지? 솔직히 무섭더라. 돈을 많이 가진 사람이 돈으로 힘을 부리면 못할 게 뭐가 있나 싶었거든. 어른들도, 애들도, 모두 돈, 돈, 돈 하는 까닭을 뼈저리게 느꼈지. 도대체 돈이 뭐라고, 이런 엄청난 힘을 발휘하지? 그깟 종이가 뭐라고, 통장에 찍힌 숫자가 뭐라고.

예은아!

나는 많은 돈을 움켜쥐고 그 혜택을 마음껏 누리는 재영이를 보며 돈이 지닌 힘을 뼈저리게 느꼈어. 돈이 노력과 재주를 뛰어넘는 현실을 알게 됐지. 처음에는 기운이 빠지더라. 타고난 재주와 힘겨운 노력도 돈이 지닌 막강한 힘 앞에서는 초라해 보였거든. 좌절감이 지나고 난 뒤엔 부아가 치밀었어. 공정하게 경쟁하지 않고 돈으로 모든 걸 해치우는 재영이가 미웠어. 심각한 빈부격차도, 하늘 높은 곳에 머무는 부자들도, 다 미웠어.

좌절과 미운 감정이 휘몰아치고 난 뒤에는, 오히려 마음이 차분해지고 각오가 단단해지더라. 재영이 같은 애를 뛰어넘어 버리겠다는 다짐이 생겼거든. 그까짓 것 한번 붙어보자. 반드시 내가 이길 거라고 스스로에게 믿음을 북돋았지. 내가 바라는 승리란 돈을 더 많이 벌겠다는, 더 큰 회사를 만들겠다는 목표가 아니야. 작아도, 더 뜻 깊은 회사, 더 바람직한 회사를 만들어 보겠다는 다짐이야. 승리란 양으로만 측정할 수 없어. 진짜 승리는 더 바람직한 일, 고귀한 일을 통해서 이루어진다고 결론을 내렸지. 나아가 우리 사회 빈부격차를 없애 보자, 불공정하고 불평등한 경쟁 구조를 평등하고 공정한 경쟁 구조로 바꿔 보자, 아직 어떻게 해야 공정하고 공평한 사회를 만들 수 있는지 그 방법은 모르지만, 내가 만들 회사뿐 아니라 우리 사회를 다르게 만들어 보자고 다짐했어. 깊은 좌절감과 미움 속에서 꿈을 더욱 풍성하게 키워낸 거야.

예은아!

따지고 보면 다 돈이 걸림돌이야. 돈 때문에 하고 싶은 일도 못하고, 돈 때문에 남 밑에서 구박받으며 일하고, 돈 때문에 늦은 밤까지 학원에 머물며 공부하고, 돈 때문에 못된 짓도 저지르지. 가끔 돈 걱정이 없다면 나는 어떻게 살지 생각해 봐. 집 걱정도 없고, 먹을 걱정도 없고, 아프면 치료받을 걱정도 없고, 늙어서 생활비 떨어질 걱정도 안 하고, 애 키울 때 드는 돈 걱정도 없다면 나는 어떻게 살고 싶을까? 오로지 내 삶을 즐기고, 뿌듯함으로 채우려면 내가 어떻게 살아야 할까? 그때도 나는 지금 꾸는 꿈을 그대로 꿀까? 참 어려운 물음이야.

나도 이 물음을 친구들에게 건네고 이야기를 나눠봤는데 다들 그런 생각은 안 해봤는지, 그냥 논다는 이야기만 해. 일단 놀고, 여행 다니고, 그 다음에 생각해보겠다고. 이야기를 나누기 전에는 기대를 많이 했는데, 친구들 이야기를 듣고는 무척 실망했어. '돈 걱정이 없다면 어떻게 살까?' 하는 물음은 참마음으로 바라는 삶이 무엇인지를 따져보라는 것인데, 기껏 찾아낸 답이 그저 놀고 즐기겠다니, 안타까워. 물론 애들이 어릴 때부터 공부에 치여서 제대로 놀지도 못하고 힘들게 지내기에 놀고 즐기고 싶은 마음이야 어쩔 수 없지만, 그렇다 하더라도 딱 거기에만 머물면 안 된다고 생각하거든.

돈 걱정이 없다면 나도 많이 놀고 여행을 즐기고 싶지만, 그렇게만 살고 싶지는 않아. 놀고먹고 즐기고만 살기엔 삶이 아까워. 나를 채우고 싶고, 보람을 느끼고 싶고, 세상을 더 따뜻하게 바꾸는데 힘을 보태고 싶어. 그렇게 가만히 따지고 보니 돈 걱정에서 풀려났을 때 내가 가고 싶은 길은 지금 내가 가고자 하는 길과 다르지 않았어. 똑같은 결론에 이르렀을 때 내 마음이 벅차올랐어. 그 뿌듯함은 이루 말할 수 없었지. 이 길, 내가 가려는 길이, 내가 이루려고 하는 삶이, 나를 위해서도, 사회를 위해서도 올바른 길이란 확신이 들었기 때문이야.

예은이 너도 돈 걱정 없는 삶을 그려 보고, 어떻게 살고 싶은지 한번 생각해 보렴. 그때도 네가 9급 공무원이 되고 싶을까? 내가 아는 너는 아마 그렇지는 않을 거야. 돈과 불안이 사라진 자리, 바로 그곳에서 피어난 꿈이 진짜 네가 바라는 삶이라고 나는 믿어.

오빠!

돈과 불안이 사라진 그 자리에서 피어난 꿈이 진짜 내 꿈이라는 말! 그 말을 곱씹고 또 곱씹었는데, 씹을수록 가슴이 아릿아릿해. 돈을 전혀 생각하지 않는다면 나는 무엇을 할까? 무엇이 되고 싶을까? 나는, 그런 생각을 해 본 적이 없어. 늘 내 꿈엔 돈이 끼어들었고, 미래를 떠올릴 때마다 불안부터 찾아들었으니까. 한편으론 오빠 말에 마구 반박하고 싶기도 해. 미래를 계획하면서 돈을 셈하지 않아도 될지 의문이 들기 때문이야. 우린 구름 위 세상이 아니라 이 땅에 발 딛고 살아야 하니까, 돈 없으면 살기 힘든 우리 사회 현실을 완전히 뒤로 젖혀둘 수는 없잖아. 돈과 불안은 한 몸뚱이야. 내게 돈이 없다면, 만약 내가 돈을 제대로 벌지 못하면 어떻게 하나 생각하면 불안을 떨쳐버리기 힘들어. 이래저래 오빠 말을 있는 그대로 받아들이긴 참 쉽지 않네.

아무튼, 현실에선 돈과 불안을 떨치기 힘들겠지만 상상이야 얼마든지 해도 되니까, 오빠 말대로 한번 해보기로 했어. 돈 걱정 안 해도 되고, 불안도 사라진다면, 나는 무엇을 하고 싶을까? 모르겠어. 정말

모르겠어. 내 머리가 온통 까만색이야. 아무것도 없어. 도대체 난 뭘까? 직업 체험한다고 부지런히 돌아다니고, 몇 번이나 적성검사를 받고, 꿈과 미래에 대한 글도 여러 번 썼는데, 왜 갑자기 아무것도 떠오르지 않을까?

그때서야 나는 진짜 내가 바라는 바를 아무것도 없는 상태에서 생각해 본 적이 없다는 점을 깨달았어. 내겐 늘 조건이 붙었지. 그 조건에 맞는 직업이 내 바람보다 먼저였어. 현실을 바탕에 두고 꿈을 계획해야 한다고 했는데, 따지고 보니 나는 아예 꿈은 잊어버리고 현실만 따졌던 거야.

9급 공무원!

내 꿈은 진짜 9급 공무원일까? 내가 9급 공무원이 되려고 했던 까닭은 돈과 안정뿐이었어. 돈과 안정을 빼버리고 나면 내가 굳이 9급 공무원이 될 까닭이 있을까? 9급 공무원과 나는 잘 맞을까? 나는 9급 공무원을 진짜로 바랄까? 하나씩 짚어 봤어.

오빠가 예전 편지에서 말했듯이 공무원은 국민에게 봉사하는 사람이야. 교과서식 문장이긴 하지만 맞는 말임을 받아들여. 공무원은 오직 사회를 위해 일하는 사람이니까 봉사정신이 투철해야지. 안타깝게도 나는 그렇게 봉사정신이 투철하지 않아. 불쌍한 애들을 보면 불쌍하다는 느낌이 들긴 하지만, 그렇다고 내 시간과 돈을 기꺼이 낼 정도로 도와줄 생각은 안 들어. 봉사활동도 시간을 채워야 하니까 갈 뿐이야. 노인요양원이나 지역아동센터, 고아원과 양로원 등에 봉사활동을 몇 번 갔는데 정말 힘들었어.

공무원은 법과 규정에 따라 일을 하는 사람이야. 아무리 하고 싶은 일이 있어도, 제 멋대로 하고 싶어도 법과 규정을 지키며 일을 해야 해. 나는 어떨까? 나는 학교생활을 하면서 규칙을 잘 지키는 편이야. 딱히 지적을 당하지도 않아. 겉으론 규칙을 잘 지키지만, 터놓고 말해서 속은 그렇지 않아. 무척 답답해. 딱딱한 옷차림, 틀에 맞춰 움직이는 수업, 선생님들이 시키는 대로 해야 하는 학교생활을 떠올릴 때마다 갑갑해 미치겠어. 그냥 확 벗어나고 싶지만, 어쩔 수 없이 따르는 거야. 오빠도 알듯이 가끔 내가 집에서 엄청 폭주하잖아. 다 이유가 있는 거야. 그러니까 내 이런 됨됨이를 따져 보건데 9급 공무원에 딱히 맞지는 않아.

9급 공무원은 거의 다 한 자리에서 가만히 앉아서 일해. 막 돌아다니면서 일을 하는 9급 공무원도 있는지 모르겠지만, 내가 아는 9급 공무원들은 거의 다 사무실에 가만히 앉아서, 컴퓨터를 두드리거나 민원인들을 상대해. 내가 그러고 있는 모습을 떠올려 봤는데, 잘 안 어울려. 법과 규정대로만 지내는 생활과 마찬가지로 답답해.

나는 늘 새롭고 싶어. 활발하게 움직이기를 좋아해. 남들이 하자는 대로 하기보다 내 뜻대로 마음껏 무엇이든 하고 싶어. 내가, 이런 사람이었구나! 오빠 말이 맞았어. 돈과 불안을 뒤로 젖혀두고 생각하니, 그 자리에 진짜 내가 드러났네. 놀라워! 내가 이런 사람이었고, 이런 바람을 품었다니~!

오빠!

그럼에도 나는 잘 모르겠어. 나와 잘 안 맞기는 하지만 9급 공무원이란 목표를 접어야 하는지 정말 모르겠어. 어떻게 할까? 진짜 내가 바라는 꿈을 다시 또 찾아야 할까? 아니면 돈과 안정이라는 현실 목표를 가장 앞에 두고 살아야 할까? 타고난 됨됨이를 따르자니 불안하고, 현실에 맞추자니 괴롭고, 정말 어떻게 해야 하는지~. (ㅠ_ㅠ;)

오빠 말대로 공정하고 공평한 세상이 빨리 오면 좋겠어. 그러면 돈 걱정이 줄어들고, 못살게 될까 봐 불안하지는 않을 테니까 말이야. 우리가 돈과 불안이란 걱정에서 벗어나 마음껏 꿈을 꿔도 되는 세상이 어서 빨리 오기를~~!

나 홀로 꾸는 꿈, 사회와 함께 꾸는 꿈

예은아, 예전에 말했던 내 친구 진수 알지?

진수네 집이 어려워진 뒤에도 나는 진수와 가깝게 지냈어. 진수한테는 마트에서 본 진수 어머니 얘기는 하지 않았지. 괜히 말했다간 더 괴롭기만 할 테니까. 옛날에는 서로 엄마, 아빠 얘기를 많이 했는데 진수네 집이 어려워지면서 둘 다 입에 올리지 않게 되었지. 요즘에도 마찬가지야. 나와 진수는 둘도 없는 친구인데 둘 사이에 꺼내서는 안 되는 금기가 생기다니, 참 서글퍼!

중학교 3학년 겨울방학이었어. 오후 2시, 나와 진수는 내 방에서 같이 뒹굴며 공부도 하고, 게임도 하고, 노닥거리고 있는데, 내 스마트폰으로 진수 어머니에게서 전화가 왔어. 그때 진수는 전화가 없었거든. 별 생각 없이 전화를 받았는데, 전화기 건너편에서 들려오는 목소리가 나도 불안할 만큼 심하게 떨렸어. 걱정스럽게 진수에게 전화를 건넸는데, 스마트폰을 든 진수 손이 점점 떨리고 얼굴은 새하얗게 바뀌는 거야.

"야, 무슨 일이야? 왜 그래?"

전화를 내려놓은 진수 눈빛에 초점이 없었어.

"야! 무슨 일이냐니까?"

"아빠가…."

"너희 아빠가 뭐?"

"공사장에서 일하시다가…."

가슴이 덜컥 내려앉았어. 뒷말이 무엇일지 알아챘거든.

"일하시다가… 크게 다치셨대."

나는 벌떡 일어났는데, 진수는 멍하니 가만히 앉아 있기만 했어.

"어느 병원이야?"

"병원, 그래, 병원."

진수는 완전 넋이 나간 듯 횡설수설했어.

"어디냐고? 빨리 가 봐야 할 거 아냐?"

"아! 병원."

그때서야 진수는 나를 따라 일어났고, 우리는 서둘러 병원으로 갔어. 병원에 도착했을 때 진수 아버지는 수술을 받고 있었고, 진수 어머니는 마트에서 일하던 옷차림 그대로였어. 우리는 아무 말 없이 그냥 그대로 가만히 병원 복도 의자에 앉아 슬픔과 불안을 짓누르며 기나긴 시간을 견뎌냈어. 시간은 멈추기로 마음먹은 듯 느리게 흘렀고, 그 느린 시간만큼 괴로움과 걱정은 부풀어 올랐지.

그때 엄마에게서 전화가 왔고, 난 전화기를 들고 다른 곳으로 갔어.

"너 학원 갈 시간인데, 어디 있니? 집에 가방도 그대로 있고."

나는 진수 아버지가 다쳐서 병원에 왔다고 말씀드렸어. 엄마는 걱정스런 말씀을 하시더니 학원으로 가라는 거야.

"네 마음은 알겠는데, 그래도 오늘 학원에서 으뜸반 올라가는 중요한 시험 보니까 학원은 가야하지 않겠니?"

나는 버럭 짜증을 냈어.

"진수 아빠가 크게 다쳐서 수술을 받고 있는데, 제가 어떻게 학원을 가요? 엄마는 제가 친구를 버리고 학원을 가야겠어요? 학원이, 으뜸반이 그렇게 중요해요?"

나는 이렇게 말했다고 기억하는데 아마 이것보다 더 심하게 말했을 거야. 옛날에 진수 어머니가 마트에서 당했던 일도 떠오르고, 항상 웃으며 운동도 잘하던 진수가 우울하게 지내는 모습도 떠오르고, 멋쟁이 신사였던 진수 아버지가 건설현장에서 고생하다 다치는 장면까지 뒤엉키면서 나도 모르게 부아가 치밀었거든. 엄마는 내가 쏟아내는 짜증과 화를 묵묵히 들으며 내 화가 가라앉기를 기다리셨어.

"네가 진수를 그렇게까지 생각하는 줄은 몰랐어. 엄마가 생각이 짧았네. 그리고 준혁아!"

내 이름을 부르는 엄마 목소리에는 사랑과 따스함이 가득했어. 그저 이름을 불렀을 뿐인데, 나도 모르게 눈물이 주르륵 흐르더라. 왜 그런지 모르게.

"준혁아! 난 너를 믿어. 알지? 엄마는 준혁이가 스스로 해야 할 일을 저버리지 않기를 바랄게. 네 뜻대로 하렴."

난 아무 말도 못했고, 엄마는 전화를 끊었어. 내 눈에서는 끊임없이 눈물이 흘렀고. 그때 누가 내 어깨를 만졌어. 진수였어.

"가 봐. 아빠가 위험한 고비는 넘기셨대. 난 괜찮으니까 너는 너 할 일을 해야지. 고맙다, 같이 있어 줘서."

진수에게 떠밀려 병원 밖으로 나오며 하늘을 봤어. 같은 하늘을 이고 사는데 어찌 이리 다른 무게를 지고 살아야 할까? 재영이 같은 애는 돈으로 뭐든 쉽게 해치우고, 우리 아빠는 가족을 먹여 살리느라 늦은 밤까지 회사에 붙잡혀 살고, 진수는 따뜻하고 다정하던 엄마와 아빠가 처참히 무너지는 모습을 지켜봐야 하는, 달라도 너무 다른 삶을 사는 사람들! 왜 사람들은 같은 하늘 아래서 이리도 다른 빛깔을 마주해야 하는 걸까? 누구는 넘쳐나도록 많이 가지고도 더 가지려 탐욕을 부리고, 누구는 별로 가지지도 못한 걸 빼앗기지 않으려고 몸부림치며 살아야 하는 세상, 왜 세상은 이 모양 이 꼴일까? 다 같을 수는 없겠지만, 그래도 서로 엇비슷한 무게를 지고 살 수는 없을까? 어쩔 수 없는 현실일까, 아니면 크게 잘못된 걸까?

진수를 병원에 두고 학원으로 가는 발걸음은 무겁기만 했어. 친구는 끔찍한 현실이 던져준 앞에 큰 슬픔을 끌어안고 겨우겨우 버티고 있는데, 그 옆에서 힘이 되어 주어야 하는 나는 학원 등급 하나 올리겠다고 아무렇지 않은 척하며 시험을 봐야 하다니……. 친구는 슬픔 한가운데에 빠져 몸부림치고, 나는 그 슬픔 밖에서 아무렇지 않게 내 꿈을 이룬다는 미명 아래 수학 문제를 풀고, 영어 독해 문제 답을 골라야 하다니……. 진수와 진수 아버지에게 닥친 슬픔이 언제든 내 슬픔이 될 수 있음에도, 나는 그 일이 지금 내게 닥치지 않았기에 다행이라 여기며 묵묵히 버텨야 하다니……. 불행이 내 몫이 아님을 다행으로 여기고 살아 갈만큼 내 양심이 때 묻지는 않았는지……. 아무리 괜찮은 척 하려고 해도 괜찮지 않더라.

다음 날, 걱정이 된 나는 아침 일찍 병원에 다시 갔지. 진수 아버지는 아침에 깨어나셨고, 진수와 몇 마디 말을 나누기도 했다고 했어. 몇 달은 입원을 해야 하지만, 치료만 잘 받으면 옛날처럼 건강해질 수 있다고 했어. 불행 중 다행이지.

"아빠가 같이 일하던 사람 가운데 다친 사람이 또 있다면서, 그 사람이 어떻게 됐는지 알아봐 달라고 하네."

"너희 아빠도 참, 대단하시다. 당신이 다쳤으면 몸 추스를 생각부터 하셔야지, 깨어나자마자 같이 일하다 다친 사람 걱정까지 하시다니……."

진수 아버지는 정말 착한 분이야.

"아빠 말 듣고 이 병동 간호사실에 물어봤는데 여긴 없었어. 아마 다른 병동으로 가셨나 봐. 나는 아빠 옆에 있어야 하니까, 네가 알아봐 줄래?"

"알았어. 뭐 어려운 일은 아니니까. 참, 아빠가 일하다 다친 현장이 어디야? 그걸 알아야 확인을 하지."

"병원 오다 보면 보이는 D아파트 건설 현장이야."

"아, 그곳! 대단지에 초고층으로 짓는 최고급 아파트라고 선전을 많이 하던데."

"빌어먹을 대단지, 초고층, 최고급…! 그깟 게 뭐라고."

진수는 얼굴을 찌푸리면서 병실로 들어가 버렸어. 아차, 싶었지! 그곳에서 진수 아버지가 다쳤는데 내가 그곳을 추어올리는 말을 했으니까. 대단지에 초고층으로 짓는 최고급 아파트가 건설회사에겐 자랑스럽고, 그곳에 들어가 살 사람들에겐 잘난 척할 거리지만, 건설 노동자인 진수 아버지에게는 그림 속 떡이나 마찬가지고, 다칠 위험을 안고 일하는 일터일 뿐이니까. 그때 알았지, 어떤 이들에겐 우러러보고 자랑스러울 만한 것이 어떤 이들에겐 괴로움일 수 있다는 것을. 예를 들어 만리장성이 구경꾼들에겐 놀라운 건축물이겠지만, 만리장성을 제 손으로 쌓았던 그 당시 백성들에겐 떠올리기만 해도 괴롭고 미울 거야. 아프고 다쳐서 병원에 입원한 사람들과 건강한 내가 세상을 똑같이 보지는 않겠지. 사람은 자기가 선 자리에서 세상을 보고 느껴. 어떤 자리에서 삶을 꾸려 가는지에 따라 생각도 달라져.

그런 생각을 하며 병원 입구에 있는 안내실로 갔어. 안내하시는 분에게 어제 D아파트 현장에서 일하다 다친 사람이 어디에 있냐고 물었는데, 진수 아버지밖에 없다는 거야.

"한 분밖에 안 왔다고요? 그럴 리가……, 두 분이 다쳤다고 들었는데."

"우리 병원엔 한 명밖에 안 왔어요."

아무리 거듭 물어보고 확인해도 마찬가지였어. 진수 아버지가 잘못 알고 있나 싶어서 진수를 통해 다시 확인해 봐야겠다고 생각하고 진수 아버지가 계신 병실 쪽으로 갔어. 병실 앞으로 가니 진수 어머니가 양복을 입은 두 사람을 만나고 있었어. 두 사람은 아주 공손한 태도로 진수 어머니에게 말을 건넸는데, 진수 아버지가 일하다 다친 D아파트 공사를 맡은 건설회사 사람인 듯했어. 두 사람이 친척이나 병원 직원처럼 보이진 않았거든. 일부러 멀리 떨어져서 보다가 이야기가 끝나는 낌새가 보이기에 가까이 다가갔지.

"다시 말씀드리지만 산업재해보험으로 다 처리되니까 걱정 마세요."

"조사 나오면 잘 답변 부탁드립니다."

"저흰 이만 가보겠습니다."

두 사람은 이렇게 말하고 허리를 깊숙이 숙여 절을 하고는 빠른 걸음으로 사라졌어. 진수 어머니는 그들을 한참 보시더니 한숨을 길게 내쉬셨지.

“저 사람들 누구에요?”

내가 진수 어머니에게 물었어.

“회사 직원이랑 회사에서 고용한 노무사라네.”

내 어림이 맞았어.

“뭐라고 해요?”

진수 어머니는 또다시 길게 한숨을 내쉬었어.

“진수 아빠 다친 일로 노동부 근로감독관이 조사하러 나오는데 잘 답변해달라고 하네. 치료비는 산업재해보험에서 다 되고, 회사에서 보상금도 줄 테니까 잘 말해달라고.”

“다쳤는데 뭘 잘 말해요?”

“안전교육을 제대로 받았는지, 안전지침을 건설현장에서 제대로 지켰는지 근로감독관이 나와서 물어보는데, 법을 어긴 사실이 드러나면 회사가 불이익을 받나 봐. 나 원 참! 에효.”

진수 어머니는 더는 말씀하지 않고 병실로 들어갔고, 곧 진수가 나왔지.

나는 진수에게 병원 안내실에서 들었던 이야기를 전했고, 아빠에게 다친 사람이 정말 또 있는지 다시 확인해 달라고 부탁했어. 진수는 다시 들어간 뒤 한참 만에 나와서는 함께 일하던 사람이 분명히 다쳤다고 이야기했어. 어떻게 된 일인지 따져보다가 이내 알아차렸지. 다른 병원으로 간 거야. 같이 일하다 함께 다쳤는데 왜 다른 병원으로 갔는지는 모르겠지만. 나는 수소문 끝에 진수 아버지와 같이 일하다 다친 사람이 어느 병원으로 갔는지 알아냈지. 진수에게 그 말을 전했고, 진수는 다시 아빠에게 내 말을 전했어.

"무리한 부탁인 줄 알지만, 아빠가 꼭 그 병원에 가서 그 분이 얼마나 다쳤고 상태는 괜찮은지 알아 봐 달래."

"당신 몸 추스르기도 힘든 분이 다른 사람 걱정까지, 에효, 정말 착하시다."

"아빠 말로는 그분 덕분에 아빠가 살았대. 그분이 아빠를 밀치지 않았다면 죽었을지도 모른대. 아빠 살리려고 그분도 다쳤나 봐."

"아! 그래? 그럼 당연히 알아 봐야지."

"나도 같이 갈까?"

"아냐, 됐어! 넌 아빠 곁에 있어야지. 그냥 알아보고만 오는 건데 뭘. 내가 그 병원 가서 알아보고 올게."

나는 기꺼운 마음으로 택시를 탔어. 택시가 간 곳은 그리 크지 않은 병원이었어. 병원 크기에 일단 마음이 놓였지. 왜냐하면 진수 아버지는 크게 다쳐서 아주 큰 병원으로 갔지만, 그 분은 크게 다치지 않아서 작은 병원으로 갔다는 생각이 들었기 때문이야.

병원 안내실에 들러서 D아파트 공사 현장에서 어제 다친 사람이 있느냐고 물었더니 3층 병실에 있다고 알려주었어. 승강기를 타고 갈까 하다가 '작은 일부터 환경을 생각해서 하라!'는 말씀을 입에 달고 다니는 도덕 선생님이 떠올라 계단으로 걸어가기로 마음먹었어. 계단은 건물 구석진 곳에 자리했는데, 문을 열고 나가야 했어. 쇠문을 열고 2층까지 오른 뒤 3층으로 가려는데 복도 위에서 험한 말이 들렸어. 욕이 뒤섞인 말이었지. 계단으로 가려면 그쪽을 지나야 하는데 굳이 싸우는 사람들 사이를 지나고 싶지 않았어. 2층 복도에서 병원 안쪽으로 들어가려고 쇠문 손잡이를 잡는데, '아파트 공사'란 말이 들리는 거야. 나는 발소리를 죽인 채 위쪽 계단을 살폈어. 허름한 옷을 입은 외국인 노동자는 가만히 앞을 보고 있었고, 맞은편에 있는 사람이 욕을 하고 야단을 쳤어(정말 심한 욕이 많았는데, 널 생각해서 욕은 뺄게. 말하는 가운데 거의 반이 욕이어서 빼고 쓰기는 어렵겠지만~).

"일하게 시켜줬더니, 뭐, 야 ㅇㅇ 봐라, 어디다 대고 협박이야, 이 ㅇㅇ가."

손이 툭 튀어나오더니 외국인 노동자를 확 밀쳤어. 외국인 노동자는 뒤로 밀려나며 벽에 부딪쳤고, 보이지 않던 사람이 내 눈에 들어왔는데, 맙소사! 바로 그 사람이었어. 조금 전, 진수 아버지가 입원한 병원에서 봤던 양복 입은 사람! 바로 D건설회사 직원이었어. 나는 얼른 스마트폰을 꺼낸 뒤 소리나지 않게 동영상을 찍기 시작했지.

"일하다 다쳤으니 산재 처리해 줘."

외국인 노동자가 어설픈 한국말로 말했어.

"뭐라고, 줘? 줘! 이 ㅇㅇ가 어디서 반말이야 반말이. '요' 안 붙여. 해 봐!"

회사 직원은 억센 팔로 외국인 노동자를 가슴을 두 대 치더니, 뺨을 움켜쥐었어.

"산재 처리해 주세요."

"주세요? 주세요라고 했냐? 산재가 물건이냐? 뭘 주라 말라 해! 이 ○○ 같은 ○○."

회사 직원은 외국인 노동자 뺨을 서너 대 때렸어.

"일하다 다쳤으면……."

외국인 노동자는 맞으면서도 굳세게 말하려 했지만, 그러지 못했어. 억센 주먹이 배를 때렸거든. 외국인 노동자는 배를 움켜쥐고 털썩 주저앉았어.

"너, 그 따위로 굴면 강제추방이야! 여기가 어디라고 ○같은 ○○가. 카악~ 퉤!"

회사 직원은 가래침을 뱉은 뒤 사라졌어. 외국인 노동자는 배를 만지며 한참 쭈그리고 있다가 겨우 몸을 추스르고 일어났는데, 그때 나와 눈이 마주쳤어. 그 눈! 슬픔과 노여움이 뒤엉킨 눈! 한이 서린 눈! 그 눈을 도저히, 마주볼 수 없더라. 죄스럽고, 안타까워서!

나는 계단을 다시 내려와 병원 밖으로 나왔어. 뛰는 가슴을 가라앉히느라 병원 밖에서 한참을 거칠게 숨을 몰아 쉬웠지. 그냥 모른 척하고 싶기도 했지만 나쁜 일을 그냥 두고 볼 수는 없었어. 정의롭게 살기를 꿈꾸는 내가 비겁하게 도망칠 수는 없었으니까. 깊은 숨을 들이마신 뒤 다시 병원으로 들어갔어. 이번엔 승강기를 타고 3층으로 간 뒤에 곧바로 안내실에서 말해 준 입원실로 갔지.

입원실 앞엔 조금 전에 본 회사 직원과 그 회사 노무사란 사람이 같이 이야기를 나누고 있었어. 내가 가자 나를 힐끗 보더니 몇 걸음 옮겨가서 이야기를 계속 했지. 병실문을 열고 안으로 들어갔는데, 4인 병실이었고, 가장 안쪽에 있는 병상 앞에 계단에서 얻어맞던 외국인 노동자가 보였어. 가까이 가서 병상에 누워있는 분을 살폈는데, 두 다리에 기브스를 하고 머리에는 붕대를 감고 있었어. 고르게 숨을 쉬며 편안하게 잠든 모습이어서 조금은 안심이 되더라.

"저는 어제 같이 일하다 다치신 분 아들 친구에요. 그러니까 어제 D아파트 공사현장에서 같이 다친 분이 친구 아빠에요."

내 소개를 하니까 의자에 있던 외국인 노동자가 나를 훑어보듯 살피며 엉거주춤 자리에서 일어났어.

"걱정 마세요. 저는 해치지 않아요. 친구 아빠가 이분 덕분에 살았다고 하면서 고마워하세요. 많이 다치진 않았는지, 치료는 제대로 받는지 궁금해 하세요."

나는 어떻게든 반감이 들지 않도록 마음을 쓰며 말했어.

"저는 이 사람 친구에요."

외국인 노동자는 누워있는 분을 가리켰어.

"친구는 괜찮아요. 고마워요. 두 다리를 다치고, 머리도 조금 다쳤지만 다른 데는 멀쩡해요. 머리도 아직까지는 상태가 나쁘지 않아요."

외국인 노동자는 어설프게 웃었어. 그 웃음이 왜 그리 슬프던지.

"저~, 아까~, 그 사람이 왜 때렸어요?"

"그게~ 산재 치료를……."

그때 문이 벌컥 열리며 회사 직원이 들어왔어.

"너 뭐야?"

회사 직원이 얼굴을 무섭게 일그러뜨리며 나를 노려봤어.

"넌, 뭔데 남 일에 끼어들어?"

"남이 병문안을 하든 말든 아저씨가 뭔 상관이에요?"

나는 기죽지 않고 따졌지.

"너 이리 나와 봐!"

회사 직원이 내 팔을 낚아채더니 밖으로 끌고 나갔어.

"보자 하니 학생 같은데, 왜 여기 왔는지 모르겠지만, 이런 데 끼지 말고 학생이면 학생답게 학교 가서 공부나 해."

내가 세상에서 가장 싫어하는 말이 '학생은 학생답게 공부나 해' 하는 말이야. 그 말은 공부만 하고 실천을 하지 말라는 억압이며, 학생은 뭘 모르니 가만히 있어야 한다는 강요이며, 공부란 교과서를 보고 부지런히 시험 보는 것뿐이라는 얼토당토않은 논리야. 우린 학생이기에 배운 대로 실천해야 하고, 학생도 배운 만큼은 알기에 아는 대로 실천해야 하며, 교과서 밖에서도 배움을 얻어야 해. 도대체 누가 학생에게 실천하지 말라고 할 수 있지?

안 그래도 부아가 치밀었는데 '학생은 학생답게 공부나 해'란 말이 날 아주 노엽게 만들었어.

"일하다 다쳤는데 산업재해보험으로 치료도 안 해주려는 회사 직원이 할 말은 아니죠? 그렇게 하면 불법인 건 아시죠?"

나는 조금도 주눅 들지 않고 매섭게 쏘아붙였어.

"산업재해보험? 허, 이 학생 봐라! 저기 저 ㅇㅇ는……."

"ㅇㅇ라뇨. 저 분도 사람이고, 노동자에요. 우리나라 사람에겐 그렇게 깍듯하게 하더니, 외국인 노동자라고 그렇게 막 대하면 안 되죠."

"허, 이것 참, 버릇없는 놈일세."

회사 직원은 내 어깨를 툭 밀치더니 잡아먹을 듯한 얼굴을 하며 나에게 다가들었어.

"재는 불법 체류자야! 알아? 불법 체류자! 불법 체류자인 줄도 모르고 일을 시켰는데, 다쳤어! 그럼에도 회사 돈으로 치료비까지 대준다는데, 산업재해보험으로 해달라잖아. 나, 정말, 어이가 없어서! 모르면 가만히 입 닥치고 꺼져!"

더 말해 봐야 쓸데없는 짓이었기에 이를 악물도 뒤로 물러났어. 승강기 문이 닫히는데 몸이 나도 모르게 가늘게 떨렸어. 맞설 때는 몰랐는데 무서웠나 봐. 부당함에는 용감하게 맞서야 한다고 늘 다짐하고 살았지만 막상 무지막지하게 나오는 어른에게 맞서기가 쉽지는 않더라. 택시를 잡으려고 기다리는데 쫓아와서 나를 끌고 갈까봐 걱정도 했어. 택시를 타는데 뭐가 뒤에서 잡아당기는 느낌까지 들었다니까. 이러니 내가 겁쟁이 같지만, 어떤 고등학생이라도 그런 상황이면 나처럼 겁을 먹었을 거야.

진수 아버지가 계신 병원으로 온 뒤에 진수에게 그 분이 크게 다치지 않았다고 전했어. 별 일 없다고. 있는 그대로 말할 수는 없었어. 그랬다간 진수 아버지가 크게 흔들릴 테니까.

예은아!

세계화란 말 많이 들어봤지? 학교에서도 배우고 사람들이 늘 입에 올리니까. 세계화라는 말보다는 지구촌이란 말이 알아듣기 쉬울 거야. 지구촌이란 세계가 한 마을처럼 가까이 지낸다는 뜻이야. 다들 서로 알고 지내고, 여행도 하고, 서로 영향을 주고받으며 마치 한 마을처럼, 한 나라처럼 되어가는 현상을 빗대서 지구촌이란 말을 써. 너는 공부를 잘하니까 내가 말해주지 않아도 잘 알지? 아무튼 지구촌이란 말만 들으면 세계화가 참 좋아 보이지만, 꼭 그렇지는 않아.

세계화가 나타나는 가장 큰 분야가 바로 경제야. 오늘 너와 내가 먹은 밥 한 그릇만 떠올려도 세계화가 무엇인지 금방 이해할 수 있을 거야. 밥 한 공기에 세계가 들었거든. 먼저 밥을 짓는 쌀만 해도 세계 여러 나라가 있어야 해. 농사지을 때 꼭 있어야 하는 농기계는 여러 나라에서 온 재료와 기술로 만들어. 농기계를 움직이는 기름은 석유가 나온 나라에서 수입해. 쌀을 운반하는 트럭도 농기계와 마찬가지로 세계 여러 나라에서 온 재료와 기술이 합쳐졌지. 밥을 짓는 밥솥도 마찬가지고. 밥을 지을 때 쓴 전기를 만들려면 수없이 많은 나라에서 들여온 재료와 물건이 있어야 해. 밥을 담는 그릇과 수저와 젓가락도 빼놓을 수 없지. 대충 살펴봐도 엄청나지? 이게 바로 세계화야. 밥 한

끼에 세계 수많은 나라가 얽혀 있어.

왜 갑자기 세계화 이야기를 이렇게 풀어놓느냐고? 그래, 네 어림대로 외국인 노동자 때문이야. 그 분은 왜 우리나라로 와서 불법 체류를 하며 노동을 할까? 당신 나라에서 살면서 일을 하면 될 텐데 말이야. 그냥 우리가 잘살고, 그분 나라가 못살기 때문이란 설명으로는 넉넉하지 않아. 못산다고 무조건 잘사는 나라로 옮겨가진 않기 때문이야. 그들이 옮겨온 까닭은 도저히 사람으로서 살기 힘들 만큼 그분이 사는 나라가 어렵기 때문이야.

흔히 가난한 나라가 못사는 까닭은 그 나라 사람들이 게으르기 때문이라고 말하는데, 전혀 아니야. 『왜 세계의 절반은 굶주리는가?』(장 지글러)란 책에는 '부르키나파소'란 나라가 나오는데, 그 나라는 세계화를 받아들일 땐 엄청나게 가난하고 식량 대부분을 외국에 의존했지만, 세계화를 거부하고 자립농업을 일구자 곧바로 식량난이 끝나고 행복하게 다 같이 잘 사는 나라가 돼. 그것도 겨우 몇 년 만에. 놀라운 일 아니니? 부르키나파소 정부가 특별한 정책을 쓰지는 않았어. 그저 다른 나라가 원하는 물건을 만드는 데 힘을 쓰지 않고, 자기 나라 사람들이 필요한 물건을 스스로 만들어서 먹는 정책을 펴기만 했어. 단지 그뿐이었는데도 가난과 굶주림을 한꺼번에 해결해 버렸지. 정말 놀랍지 않니? 그러다 세계화를 좇는 세력들이 쿠데타를 일으켜 다시 세계화를 받아들이자 부르키나파소는 그 옛날처럼 굶주림과 가난과 불평등이 넘쳐나는 못사는 나라로 다시 돌아가 버렸어. 그 대목을 읽다가 어찌나 쿠데타를 일으킨 놈들이 밉던지 나도 모르게 책상을 쾅 내리치기도 했어.

외국인 노동자가 잘사는 나라로 오는 까닭은 잘사는 나라 경제가 돌아가려면 값싼 외국인 노동자가 필요하기 때문이야. 외국인 노동자는 값싼 노동력을 제공하고, 잘 사는 나라는 값싼 노동력 덕분에 값싼 물건을 쓰면서 살아가거든. 노동력 값이 올라가면 물건 값도 올라가. 우리나라 사람들은 싼값으로 물건을 쓰려고 그분들 노동력을 아주 값싸게 써먹고 있는 거야. 우리나라도 그렇고 유럽이나 미국도 마찬가지야. 그들은 값싼 노동력을 부려먹으려고 외국인 노동자를 받아들이면서도, 마치 외국인 노동자들 때문에 일자리가 줄어들고 경제가 어려워진 듯이 이야기를 해. 원인과 결과를 뒤집어 버린 거지.

나는 세계화를 세계가 지구촌처럼 가까워졌다는 뜻으로만 받아들이지 않아. 내가 보기에 세계화란 힘 있는 나라의 기업이 힘없고 가난한 나라의 국민들을 등쳐 먹는 짓이야. 세계화와 더불어 신자유주의란 말도 들어봤을 거야. 규제완화, 민영화, 자본자유화, 노동유연화 등을 시행하는 정책을 신자유주의자라고 하는데 그걸 일일이 설명하긴 어려워. 그렇지만 본질은 하나야. 바로 사람보다 돈이 먼저라는 거. 이처럼 세계화와 신자유주의는 동전 앞뒷면처럼 붙어 있어. 힘세고 부자인 이들은 더 가지려 하고, 힘없고 가난한 사람들은 없는 것도 빼앗기는 세상, 그게 바로 세계화고 신자유주의지.

예은아!

그 회사 직원은 왜 그렇게 외국인 노동자를 함부로 대했을까? 아마 여느 때 같으면 진수 아버지에게도 그렇게 친절하게 대하지 않았을 거야. 산업재해가 일어나면 노동부에서 조사가 나오고, 안전수칙을 어기거나 법을 잘 지키지 않았다는 사실이 드러나면 회사가 불이익을 받기 때문에 진수 아버지에게 잘해 준 거야. 나중에 진수 아버지에게 들은 이야기인데 D아파트 공사 현장에선 안전규칙을 잘 지키지 않았나 봐. 사고가 날 때도 안전시설 없이 일하다 다친 거라고 해. 반면에 외국인 노동자에겐 잘 해줄 까닭이 없지. 회사 직원 눈에 불법체류 외국인 노동자는 우리나라 사람이랑 똑같아 보이지 않았을 거야. 아마 다른 인종이니까, 어쩌면 열등한 인종이니까 그렇게 막대해도 된다고 생각했을지도 몰라.

인종(人種)이란 말, 사람에게 여러 종(種)이 있다는 말처럼 들려. 너도 알다시피 사람에겐 여러 종(種)이 없어. 사람은 한 종(種)이야. 호모 사피엔스 사피엔스! 그러니 인종은 틀린 말이야. 그럼에도 우린 흑인종, 백인종, 황인종이란 말을 아무렇지 않게 써. 인종차별이란 말도 쓰는데, 틀린 말이야. 왜냐하면 세상에 인종차별은 없고, 그냥 사람차별만 있기 때문이지. 그럼 있지도 않은 인종이란 말은 왜 쓸까? 바로 사람차별이 옳다고 믿게 만들기 위해서야. 인종이 다르니까, 나와 다른 인종이니까, 열등한 인종이니까 낮춰 보고, 함부로 해도 된다고, 막 부려먹어도 된다고, 임금을 더 적게 줘도 된다고 정당

화하기 위해서야. 회사 직원이 왜 그랬는지 이제 알겠니? 그리고 회사 쪽에서 보면 불법 체류 노동자를 고용했다가 산업재해가 났다는 사실이 드러나면 안 좋으니까 회사가 치료해주고 밖으로 드러나지 않게 하려고 했던 거야.

예은아!

내가 병원에서 빠져 나온 뒤에 벌어진 일이 궁금하지? 일은 이렇게 되었어.

처음엔 나도 어떻게 할지 몰라서 한참 머리를 싸매고 고민을 했어. 그런 낌새를 알아차린 진수가 나한테 어떻게 된 일이냐고 캐물었고, 나는 동영상을 보여주며 내가 겪었던 일을 이야기해주었어.

"네 말 듣고 보니 정말 갑갑하네. 이거 어떻게 하냐? 그냥 동영상을 인터넷에 올릴까?"

"나도 그 생각 해 봤는데, 잘못되면 너희 아빠가 불이익을 당할까봐 걱정스럽더라. 불이익이 없다 하더라도 아프신데 자꾸 이런저런 걱정하게 만들면 안 되겠다 싶기도 하고."

"그건 그래, 그럼 어떻게 하냐?"

우리 둘이 머리를 맞댔지만 뾰족한 수가 나오지 않아서 머리를 쥐어짜는데, 진수 어머니가 슬며시 나타나셨어.

"너희들 뭘 그리 고민하니?"

나와 진수는 잠깐 서로 눈치를 살피다가 있는 그대로 말씀을 드렸어. 우리 이야기를 듣고 동영상까지 보신 진수 어머니는 골똘히 생각에 잠기셨어.

"동영상을 나한테 보내주겠니? 아무래도 너희보단 내가 나서야겠구나. 회사도 진수 아빠가 좋게 말하길 바라니까, 내가 부탁하면 잘 들어줄 거야."

진수 어머니가 일을 처리해 주신 덕분에 우리는 고민을 덜 수 있었어. 이틀 뒤에 병원에 갔더니 진수가 나에게 그 이야기를 들려주었지.

"엄마가 회사 사람들 만나서 동영상을 보여주었대. 그랬더니 화들짝 놀라더라는 거야? 어떻게 찍었냐고? 도대체 누가 찍었냐고? 엄마는 아무 소리 않고 아빠를 구해주신 외국인 노동자분을 산업재해로 처리해서 치료해 달라고 이야기를 했대. 회사 사람들은 처음엔 무슨 소리냐고 펄쩍 뛰었지만 엄마가 그렇게 안 해주면 동영상도 인터넷에 올리고, 노동부 근로감독관이 아빠에게 나와서 조사할 때 회사가 산업안전규칙을 어겼다고 말해버릴 거라고 했더니, 무조건 엄마 말을 들어주겠다고 했대."

"우와, 너희 엄마 정말 대단하시다. 어떻게 그렇게 회사 사람들을 협박할 생각을 하셨대?"

"나도 내가 알던 엄마가 아니라 놀라서 엄마에게 물었더니 사람이 다투지 않고 좋게만 지내야 된다고 믿었는데, 마트에서 일하다 보니 아니더라는 거야. 한번은 다른 직원이 실수를 했는데 그 직원이 지나치게 걱정을 하기에 엄마가 잘못을 저질렀다고 말했다가, 나이도 어린 관리 사원한테 별의별 욕을 다 듣고, 파견회사 사장한테도 구박을 당했대. 그 일을 겪고 난 뒤에 아, 마음 착하게 쓴다고 다 좋기만 하지는 않다는 점을 깨달았다는 거야."

그때 그 일이야! 내가 마트에 가서 진수 어머니가 구박당하는 모습을 보았던 바로 그 일! 그게 나뿐 아니라 진수 어머니도 바꾸게 만들었다니…….

"그 뒤로 엄마는 모질게 마음을 먹었대. 착하기만 한 엄마에서 독하게 일하는 엄마로 바뀌었고, 마침내 노동조합에도 들어가셨대. 야! 우리 엄마가 노조 조합원이라니, 나도 뒤집어지는 줄 알았다니까."

놀라기는 나도 마찬가지였어.

"이번 일도 노조 사람들하고 상의를 해서 처리를 했대."

"너희 엄마, 멋지시다!"

나도 모르게 엄지손가락을 치켜세웠어.

진수 어머니 말씀이 맞아. 착하게 부딪치지 않고 순종하며 살기만 하면 결코 좋지 않아. 자기 권리를 자기가 지키며 살아야 해. 진수 어머니는 권리의식이 생겼고, 험한 세상에 맞설 힘이 생기셨어. 노동조합은 힘없는 노동자들이 힘 센 사용자들에 맞서는 조직으로, 헌법에도 보장된 권리야.

"솔직히 말해서 우리 엄마가 마트에서 일해서 쪽팔렸거든. 그런데 이젠 아니야. 우리 엄마가 그렇게 당당해지니까 나도 덩달아 당당해지는 느낌이 들었거든.”

진수가 엄마 이야기를 하면서 환하게 웃는 모습을 정말 오랜만에 다시 봤어. 어릴 때 엄마 자랑을 그렇게 하던 진수였는데, 집이 어려워진 뒤로 엄마란 낱말조차 입에 올리지 않았거든. 그랬던 진수가 다시 엄마를 자랑스러워하니 나도 하늘을 날듯이 기뻤어.

그렇게 일은 잘 마무리 되었는데, 얼마 뒤에 기분을 아주 잡치는 일이 벌어지고 말았어. 겨울방학이 끝나고 졸업식 하기 전 며칠 동안 학교에 갔을 때야. 수행평가 일이 있은 뒤부터 재영이랑 가깝게 지내고 싶지 않아서 멀리했는데, 그날 어쩌다 보니 재영이가 낀 상태에서 이야기를 나누게 되었어. 그때 재영이가 이렇게 자랑하는 거야.

“야, 요즘 광고랑 신문에 자주 나오는 D아파트 있잖아. 그거 우리 아빠가 회장으로 있는 회사가 짓는 거야. 죽이지? 죽이지? D아파트는 우리나라에서 가장 비싸고 멋진 아파트가 될 거래.”

그 회사 회장이 재영이 아빠라니!

내 인내력이 조금만 더 모자랐다면 나는 그대로 재영이에게 주먹을 날리거나 욕을 퍼부었을 거야. 안전규칙을 제대로 지키지 않아서 진수 아버지를 다치게 한 회사, 외국인 노동자를 짐승처럼 다루는 회사, 그 회사가 벌어들인 돈으로 무엇이든지 마음먹은 대로 하는 재영이! 치사하고 더러웠어. 그 따위 회사를 자랑삼아 말하다니!

예은아!

어느 누구는 더럽고 힘들고 어려운 일을 하며 돈도 얼마 벌지 못하는 일을 해야만 유지되는 사회라면, 그런 사회가 제대로 된 사회일까? 그런 사회를 그대로 두고 나만 편하게 살고, 돈 걱정 없이 살겠다고 발버둥치는 짓이 과연 의미가 있을까? 한 회사 문제가 아니야. 한 회사만 바뀐다고 될 일이 아냐. 이 사회를 모조리 바꿔야 해.

내가 이 세상을 어떻게 해야 바꿀 수 있을지는 모르겠어. 내가 만드는 회사뿐 아니라 다른 회사들까지 내가 꿈꾸는 회사처럼 만들려면 무엇을 어떻게 해야 하는지는 아직 몰라. 그래도 난 그 꿈을 향해 나아갈 거야.

돈과 불안이란 걱정에서 풀려나 마음껏 꿈을 꾸는 세상, 멋지지! 그런 세상이 빨리 와야 해. 아니 우리가 그런 세상을 만들어야지. 내가 보기엔 요즘 어른들은 우리가 바라는 세상을 만들어 줄 뜻도 재주도 없어 보여. 우리 뒤에 오는 세대도 우리처럼 돈과 불안이 짓눌려 살게 하면 안 되지 않겠니?

좋은 사회에 살아야 좋은 꿈을 꾸며 살 수 있어! 내가 바라는 것만 담아서 꿈을 꾸면 안 된다고 봐. 우리는 우리가 바라는 바를 담은 우리 꿈을 꾸어야 해! 왜냐고? 사람은 사회를 떠나서 살 수 없으니까. 우린, 우리라는 말에 담긴 깊은 뜻을 놓치면 안 돼. '나'는 '우리' 없이는 '나'일 수 없어. '우리'가 있기에 '나'가 있는 거야.

내 꿈을 넘어, 우리 꿈을 꾸기! 난 꼭 그러고 말거야. 상상은 현실이 돼. 새로운 사회를 꿈꾸면 반드시 현실이 되리라고 믿어.

답장 08

오빠!

오빠는 참 대단해. 내가 넘볼 수 없는 곳까지 꿈을 키워나가는구나. 나는 아직 9급 공무원이란 목표를 버려야 할지, 말아야 할지 정하지도 못했는데 말이야.

오빠가 던지는 이야기를 접하니 마음이 무거워. 진수 오빠에게 일어난 이야기는 들을 때마다 안타깝고, 외국인 노동자 이야기는 나도 부아가 치밀어. 어떻게 그런 짓을 하는지 모르겠어. 오빠 말처럼 어떤 사람이 고생하고 희생한 바탕 위에 세워진 행복과 편안은 죄라는 생각이 들어. 내가 별 생각 없이 마트에서 싸다고 사는 물건 안에 외국인 노동자나, 가난한 나라 사람들이 흘린 피와 땀이 깃들었다면, 나도 나쁜 짓을 저질렀다고 봐야 할 거야. 무섭다! 내가 얼마나 많은 잘못을 나도 모르게 저지르며 살았는지 떠올리니!

오빠!

사람이 사람을 깔보지 않고 지내기, 참 어려워. 사람 위에 사람 없고,

사람 아래 사람 없다고 하는데, 말은 쉽지만 진짜는 안 그렇잖아. 학교에서만 해도 공부 잘하는 애와 못하는 애, 친구가 많은 애와 없는 애, 운동 잘 하는 애와 못하는 애, 예쁜 애와 못생긴 애, 돈 많은 집 애와 돈 없는 집 애, 싸움 잘하는 애와 싸움 못하는 애, 선생님과 가까운 애와 선생님께 찍힌 애 등, 수없이 많은 위아래가 있어. 손으로 다 꼽기도 어려워. 나만 하더라도 내가 공부 좀 잘한다고 다른 애들을 깔보는 마음이 있었어. 수업 시간에 떠들거나, 숙제를 안 해오거나, 모둠별 과제 할 때 엉망인 애들을 보면 겉으로는 안 그런 척 하면서도 속으론 엄청 낮춰 봤어. 뭐 저런 애들이 다 있나 하고, 한심하게 여겼지. 그러다 어제 확 깨는 일을 겪었어.

자유학기제라서 시험은 안 보지만 각종 수행평가는 아주 많아. 점수는 생활기록부에 안 올라가도 수행과 체험활동 등을 선생님이 평가하고 생활기록부에 올리기 때문에 수행평가도 소홀히 할 수 없어. 오히려 시험을 안 보고 글로 남기겠다고 하니 더 마음이 쓰여. 더 좋은 글이 생활기록부에 올라가면 시험 때도 아닌데 부지런히 애쓰는 학생으로 평가받을 거 아니야. (이런 생각하며 살아야 하다니, 에효~ 뭐하는 짓인지 모르겠다~ ㅠ.ㅠ) 아무튼 그래서 수행평가를 부지런히 하는데, 제대로 못하거나 불성실한 애들과 같이 할 때는 정말 짜증이 나. 뭘 맡겨도 제대로 하지도 않고, 해도 엉망이고. 그래서 모둠 과제도 그냥 나 혼자 하거나, 마음 맞는 친구와만 같이 해버리는 경우가 많았어. 어제는 재수 없게도 같은 모둠인 애들 셋이 모두 엉망이었어. 여자애 한 명은 무기력해서 아무것도 안 하고, 남자애 둘은 장난치기 바빴어. 세계지도에 이러저러한 표시를 하고, 색종이를 붙이고, 색을 칠하는 수행평가였는데, 할 일이 엄청 많았어. 오리고, 붙이고, 색칠하고, 글도 써야 하는데, 나 혼자 하려니 미치겠는 거야. 아무리 부지런히 손을 놀려도 도저히 시간 내에 할 수 있는 양이 아니었어. 눈물이 나려는 걸 억지로 참고 애들을 봤어. 수행은 할 생각도 않고 딴 짓만 하는 애들! 한심스럽고, 못됐다는 생각이 저절로 들더라. 이런 애들과 같이 한 모둠이 되게 만든 선생님이 원망스러웠지. 겉으로는 말 안 했지만 속으로 엄청 욕을 했어. (나도 욕.. 조금 할 줄 알아. 엄마에겐 비밀~!)

혼자 할 수는 없고, 애들은 한심스럽고, 맡겨봤자 뻔하지만, 어쩔 수 없었기에 누워있는 여자애와 장난치는 남자애 둘에게 말했어.

"애들아, 도와줘! 혼자서는 못하겠어."

그때 기적이 일어났어! 진짜 기적이!

여자애가 색연필을 들더니 내가 스케치를 해 놓은 그림 위에 쓱~쓱~쓱~ 그림을 그리며 색칠을 했는데, 와~ 내가 칠한 색과는 견줄 수 없을 만큼 뛰어났어. 말 그대로 깜짝 놀랐어. 어찌나 놀랐는지 숨이 멎을 듯했다니까. 나는 남자애들에게 색종이를 잘라달라고 했어. 모양에 맞게 해달라고. 기대도 안 하고 부탁했는데, 한 남자애가 색종이를 쓱싹쓱싹 잘라! 와~ 이건 예술이야. 가위질을 그렇게 잘하다니. 또 한 애는 색종이를 막 접더니 별의별 모양을 다 만들어내는 거야. 그러자 세계 지도는 평면이 아니라 입체가 되었어. 나는 글을 쓰고 붙이고, 전체를 조율하는 일만 했지. 그렇게 우리는 멋지게 수행평가를 해냈어.

우리 모둠이 만들어낸 작품은 (그래 작품이야~) 선생님도 보고 놀라셨어. 다른 애들도 모두 와서 구경할 만큼. 애들이 폭풍 칭찬을 쏟아낼 때, 자랑스럽기도 했지만, 한편으론 무척 부끄러웠어. 그 애들을 깔보며 한심스럽게 여겼던 내가 정말 못나고, 못된 애란 생각이 들었거든. 어쩌면 나보다 그 애들이 훨씬 뛰어난지도 몰라. 색칠만 놓고 보면 무기력한 여학생보다 내가 못났고, 가위질과 종이접기는 도저히 견주기 어려워. 내가 국영수를 잘한다고 잘난 척 했지만, 사실은 그건 그냥 학교 교육과정을 잘 따라가는 따라쟁이였을 뿐이었던 거야.

오빠!

사람은 각자 재능을 타고나나 봐. 어쩌면 그 애들은 뛰어난 재주를 지녔는데 헤엄을 잘 치는 물고기에게 나무를 오르라고 강요하는 교육 때문에 무능하다고 낙인찍히며 사는지도 모르겠어. 오빠가 만난 외국인 노동자도 마찬가지야. 그들은 그들이 타고난 재능을 펼칠 기회도 얻지 못한 채, 가난한 나라 국민으로 태어나 어쩔 수 없이 다른 나라에 와서 고생하며 사는지도 몰라. 우리가 조금 잘 사는 나라에 태어났다고 잘난 척하는 건, 국영수 조금 잘한다고 가위질 잘하고 색칠 잘하는 애들 앞에서 잘난 척하는 나와 똑같아.

오빠 말처럼 누구나 제 꿈을 마음껏 꾸는 사회가 되면 참 좋겠어. 그러면 색칠 잘하는 애는 색칠 잘하는 재주를 꽃피우고, 가위질 잘하는 애는 가위질 재주를 꽃피우고, 종이접기 잘하는 애는 종이접기 재주를 꽃피우며 살 텐데 말이야. 정말 그런 사회가 빨리 오면 좋겠어.

오빠!

내 꿈뿐 아니라 사회가 바라는 꿈도 같이 꾸어야 한다는 말, 가슴 깊이 새길게. 이제까지 나는 나만 생각하기도 힘들었지만, 그래도 오빠 말처럼 우리가 살아야 할 사회가 어때야 하는지, 어떻게 해야 사회가 더 좋게 바뀔 수 있는지 공부할게. 그건 내 꿈이 무엇이 되든지 간에 꼭 그리하겠다고 약속할게.

꿈!

참 좋은 말이야. 이루기 어렵지만 이룰 수는 있는, 떠올리면 절로 웃음이 나는, 힘겨운 현실을 이겨낼 힘을 주는, 지루한 삶을 바꾸고 가슴이 뛰게 만드는…….

꿈!

참 좋아! 꿈을 꾸는 재주는 사람에게 주어진 축복이란 생각이 들어. 나도 이제 어떤 직업으로 돈벌이를 할지를 따지는 데서 벗어나, 참된 꿈을 찾아볼게.

고마워, 오빠!

내가 이런 생각을 하도록 도와줘서.

오빠가 내 오빠여서 자랑스러워. ♡.♡

09

복권에 담긴 아빠의 소박한 바람

우리 예은이가 오빠를 자랑스럽다고 하니, 정말 뿌듯한 걸! 아마 여동생에게 자랑스럽다는 말을 듣는 오빠는 흔치 않을 거야. 내가 그런 흔치 않는 일을 누리다니 정말 영광이야. 아무래도 돈이 생기면 너한테 맛있는 음식이라도 사줘야겠다. 참, 다음 주 일요일에 세빈이가 우리 집에 놀러온다고 했으니까, 그때 같이 먹으러 가자. 뭘 먹을지는 네가 정해. 이번엔 오빠가 한턱 크게 쏘마.

예은아!

진수 아버지가 병원에 계시는 동안 진수는 내내 병원에 머물렀어. 진수 어머니는 마트에서 일을 하셔야 하기 때문에 계속 병원에 계시기가 힘들었거든. 또, 아직 동생이 어려서 동생도 돌봐야 했고. 나는 이틀에 한 번 꼴로 병원에 갔는데, 진수 아버지 병문안이 아니라 진수 공부를 도와주려는 뜻이었지. 고등학교 올라가는데 긴긴 겨울방학 내내 진수가 공부를 못하면 안 되잖아. 내가 진수에게 수학이랑 영어도 가르치고, 과제도 내주었어. 진수는 방학 내내 아빠를 돌보면서도 공부를 게을리 하지 않았지. 아니, 그 어느 때보다 치열하게 공부했어. 공부해서, 이 지옥 같은 삶에서 벗어나겠다는 의지가 타올랐거든. 뭐든지 대충대충 하고, 하지 못할 때는 핑계를 대기 바빴던 진수는 아빠와 보내는 겨울방학 동안 완전히 다른 사람이 되었어. 공부할 시간은 모자랐지만, 모자란 시간을 쪼개고 쪼개서 열심히 파고들더라. 눈에서 불이 뿜어져 나온다고 착각할 만큼.

"아빠와 이렇게 오래도록 같이 얼굴 마주보며 시간을 보내고, 길게 이야기한 적이 없었어. 아빠가 다쳐서 속상하고, 우리 집이 왜 이렇게 됐나 싶어 열불이 나지만, 한편으론 이런 시간을 보내게 돼서 얼마나 기쁜지 몰라. 아마 이런 일이 없었으면 평생 동안 아빠랑 이렇게 단둘이 길게 보내는 시간은 없을지도 모르니까."

어느 날, 진수 아버지가 재활치료를 받으러 들어갔을 때 진수가 음료수를 마시며 한 이 말이 내 가슴을 뒤흔들었어. 그때만큼은 진수가 무척 부럽더라. 아빠와 보내는 시간, 내가 어릴 때부터 간절히 바라던 소원을 진수는 아빠가 다치면서 이룬 거야. 내 소원은 아빠가 아파야만 이룰 수 있는 걸까? 끔찍한 비극을 겪어야만 같이 밥을 먹고 이야기를 나누며 오순도순 시간을 보낼 수 있는 걸까?

병원을 나오는데 또다시 눈물이 났어. 눈물이 멈추지 않아서 버스도 한동안 못 탔지. 겨우 눈물샘을 막고 버스에 탔는데, 아빠와 비슷한 나이인 분들을 볼 때마다 눈물샘을 막았던 둑이 터지려 해서 혼났어. 그날은 일요일이었는데 집에 오니 아빠 혼자였어. 엄마와 너는 어디 갔는지 보이지 않았고. 아빠는 부스스한 얼굴로 식탁에 앉아 라면을 먹고 계셨는데, 나는 방으로 들어가지 않고 곧바로 아빠에게 다가갔어.

"엄마와 예은이는 어디 가고 아빠 혼자 라면을 드시고 계세요?"

"둘이 옷 사러 나갔어. 나야 그런데 가면 꿔다 놓은 보릿자루잖아. 같이 가면 괜히 나도 챙겨야 한다면서 엄마가 귀찮아하고."

아빠는 라면을 먹다 말고 스마트폰을 보며 주머니에서 주섬주섬 종이 한 장을 꺼냈어.

"그게 뭐에요?"

"이거? 응, 복권."

아빠는 종이와 스마트폰을 번갈아 보더니, 종이를 구겼어.

"꽝이에요?"

"늘 그렇지 뭐."

"아빠도 복권을 하다니, 뜻밖이네요."

아빠는 라면 국물을 마지막까지 마시더니 젓가락을 놓고는 내게 물으시더라.

"운을 바라는 아빠 모습이 보기 싫니?"

"아뇨. 그런 건 아니에요."

"나도 운을 바라고 이러진 않아. 그냥 작은 희망이지."

"작은 희망이요?"

"응. 월요일에 복권을 한 장 사면 일주일 동안 행복한 상상을 할 수 있으니까. 1등을 하면 얼마나 좋을까? 물론 안 될지 뻔히 알면서도 그런 작은 설렘이 주는 행복, 0.00001% 밖에 안 되는 확률이지만, 그 확률을 바라보며 잠깐 희망에 젖어드는 기쁨, 아빠는 그런 기쁨이 좋아."

그 말을 하는 아빠 입가에 작은 웃음과 씁쓸함이 뒤엉키더라. 다시 눈물이 흐르려고 해서, 얼른 아빠 얼굴에서 눈을 떼고 라면 끓인 냄비를 싱크대로 치운 다음 물을 떠다 드렸어.

"아빠는 로또 1등이 되면 뭐 하실래요?"

"1등! 진짜 1등이 되면, 늘 떠올리는 생각이 있지."

"뭔데요?"

아빠는 몽롱한 환상에 젖어들더니 환하게 웃으며 말했어.

"예은이가 대학에 들어갈 때까지만 직장에 다니고 그만 두는 거."

"로또 1등이 되었는데도 직장을 다니시게요?"

"그럼, 너희는 제대로 가르쳐야 하니까. 아빠가 놀고먹으며 지내는 모습은 보기 안 좋잖아."

"아빠는 참~!"

"예은이가 대학에 들어가면, 아빠는 직장을 그만두고 아주 한적한

지방으로 갈 거야. 산과 들이 어우러진 작은 읍내 가까운 곳으로 가서, 아주 작은 찻집을 차릴 거야. 가게 문은 점심쯤 열어서 초저녁이 되면 닫을 거고. 일하기 싫으면 안 열거야. 일주일에 사흘은 쉬어야지. 쉬는 날엔 엄마랑 놀러 다니고. 가게를 열어놓고 거기에 찾아오는 손님들과 수다를 떨고, 취미가 같은 사람들이랑 노닥거려도 좋겠지. 그렇게 일없이, 한가하게, 하늘과 들과 숲을 보며 거닐 거야. 가끔은 너희랑 같이 놀러가기도 하고, 영화도 보고, 오전과 저녁 시간엔 한가하게 앉아 TV를 보며 노닥거려야지. 재미난 드라마 보며 엄마랑 이야기꽃도 피우고, 딱 그렇게 살고 싶어."

그때 나는 나도 모르게 턱을 받치고 빙그레 웃으면서 아빠를 바라보고 있었어. 아빠 말을 듣는데 참 기분이 좋더라. 나도 아빠와 같이 그 찻집에 앉아 차를 마시며 수다를 떨고, 시골집에서 TV드라마를 보며 노닥거리고, 저녁에 같이 밥 먹고, 산책을 하고, 배드민턴을 치고, 자전거를 타고 싶다는 생각을 했어. 아! 떠올리기만 해도 행복해!

어쩌면 우리는 정말 작은 꿈을 꾸는지도 몰라. 어떤 이는 사람 욕심이 끝이 없다고 하지만, 나는 사람들이 꾸는 꿈이 그리 거창하지 않다고 봐. 가족과 함께, 여유롭게 삶을 즐기고, 자연과 더불어 살며, 좋아하는 취미를 즐기는 삶! 우리가 그런 삶 말고 더 바라는 게 있을까?

안타까운 점은 그런 꿈을 평범한 사람들이 이루려면 복권 1등에 당첨되어야만 가능하다는 거야. 1등 당첨금은 수백 만 명이 복권을 사려고 지불한 돈을 한 데 모은 거야. 수백 만 명이 희망을 품고 1등을 꿈꾸지만, 그 꿈을 이루는 사람은 몇몇 사람뿐이지. 그 몇몇 사람만 희망대로 여유로운 삶을 누리고.

어쩌면 복권은 우리 사회가 안고 있는 문제점을 그대로 보여주고 있는지도 몰라. 이긴 사람이 혼자 먹어 버리는 승자독식(勝者獨食)! 오직 이긴 자만 여유를 누리고 나머지는 1등이 되기를 바라며 부질없는 희망만 품고 사는 삶! 복권 1등 당첨과 같은 행운이 아니면 아빠가 말하는 여유를 누릴 수 없는 사회는 얼마나 끔찍하니? 그저 부지런히 일하고, 게으르게 살지 않으면, 누구나 식구들과 함께 여유롭게 삶을 즐기는 사회, 정말 부질없는 꿈일까? 그게 그렇게 어려운 일일까?

이제까지 나는 내 꿈을 거창하게 포장했어. 터놓고 말해서 내 꿈은 그렇게 거창하지 않아. 나는 내가 세운 회사 사람들이 작지만 맑은 웃음을 누리며 살기를 바라고, 내 삶이 부지런함뿐 아니라 여유로움이 함께 하기를 바라며, 나뿐 아니라 우리 모두가 작은 행복을 맛보며 살기를 바랄 뿐이야! 나는 사람들이 그렇게 사는 사회를 만들 거야. 그게 내 꿈이야! 거창한 듯하지만, 거창하지 않은 꿈! 소박해 보이지만 한 편으론 굉장히 거룩한 꿈! 그게 바로 내 꿈이야!

예은아!

보통 사람들이 꾸는 꿈은 아주 작아!

네가 9급 공무원이 되어 불안에서 벗어나 편안하게 살고 싶어 하는 마음!

그 마음은 너뿐 아니라 우리 모두가 바라는 꿈이야.

우리 꿈은 작은데 그 작은 꿈이 요즘은 큰 꿈이 되어 버렸어.

그만큼 우리 사회는 어긋났어. 그 어긋남을 우리가 바로 잡아야 해.

다른 누구도 아닌 내가, 우리가 바로 잡아야 해.

누가 해주겠지 미루지 말고 내가 해야 해.

아직은 어떻게 해야 그 어긋남을 바로 잡는지 잘 몰라.

사회를 송두리째 바꾸고 싶지만 어떻게 하면 되는지 잘 몰라.

그래도 난 할 거야.

일단 내가 만든 회사부터 그리 할 거야.

아무리 작아도 그 일부터 해야지.

비록 한 걸음일지라도.

그 작은 한 걸음이 나비 날갯짓이 되어 태풍을 일으키리라 믿으며.

진수 아빠.

진수 엄마.

우리 아빠.

그리고 우리 엄마도.

아빠와 엄마들이 참된 삶을 되찾게 되기를.

나는 그런 세상을 꿈꿔!

아빠와 한가롭게 시골길을 거닐면 같은 하늘을 보고 환하게 웃는 세상을~!

예은아!

그날 나는 아빠랑 한참 수다를 떨었어.

고등학교 올라가는 문제로 아빠와 이야기를 나눈 뒤로 처음이었지. 아니야. 그때는 진로 문제였기에 딱딱한 분위기였으니까, 오롯이 자유롭게 수다를 떤 건 그날이 처음이었는지도 몰라. 우린 별의별 이야기를 다했어. 내가 사귀는 세빈이 이야기도 하고, 아빠가 엄마랑 연애하던 이야기도 듣고, 너와 나를 낳았을 때 이야기도 하고, 진수 이야기도 하고, 좋아하는 음악 이야기도 하고, 아빠가 회사에서 겪는 못된 상사들 이야기도 하고, 남자들끼리 우리 집 여자들 흉도 보고, ㅋㅋㅋ……^.^

별 뜻 없는 이야기들이었지만, 무엇을 말했는지 이제와 떠올려 보면 잘 생각나지도 않지만, 그래도 그때를 떠올리면 참 흐뭇해. 그때 나는 처음으로 아빠와 아들로 같이 마음을 나눴어.

바로 이거야! 내가 바라던 꿈! 내가 간절히 바라던 꿈을, 나는 바로 그 순간에 이뤘어. 그 어떤 애끓는 노력이나, 거창한 계획이 아니라, 그저 마주 앉아 가만히 바라보며 귀를 기울이고 말을 나누기만 했을 뿐이지만, 그렇게 해서 나는 내 어릴 때부터 그토록 바라던 꿈을 이루었어.

『모모』에서 기기가 말했지. 꿈을 이룬 뒤엔 불행하다고. 아니야, 그렇지 않아. 내가 말했듯이 참된 꿈이라면, 꿈을 이룬 뒤가 훨씬 기뻐. 나는 내 꿈을 이룬 뒤, 더할 나위 없이 기뻤어. 그 기쁨은 아직도 사그라지지 않고, 샘물처럼 마르지 않고 솟아나!

참된 꿈이란 그런 거야!

예은아!

참된 꿈을 꾸자!

기기처럼 후회할 짓은 하지 말자!

꿈을 이룬 뒤보다 꿈을 좇을 때가 더 기쁜 꿈이라면 재빨리 그만두자!

기쁨이 없는 꿈은 꿈이 아니니까!

그냥 살아남으려는 몸부림일 뿐이니까!

예은아!

기쁜 꿈을 꾸길~!

떠올리기만 해도 설레고 소중한 꿈을.

너는 하늘 아래 그 누구보다 소중한 사람이니까.

오빠, 고마워!

오빠가 앞에 있다면 꼭 안아주고 싶을 만큼 고마워. 오빠가 아빠랑 함께하는 시간을 보내고 싶다는 꿈을 이뤄서 나도 정말 기뻐! 그러고 보니 요즘은 오빠랑 아빠가 둘이서 어디 사라지는 경우가 종종 있더라! 둘이 같이 사라져서 뭘 하나 궁금하긴 하지만, 묻지는 않을게. 남자들끼리 누리는 시간을 우리 집 여자들은 적극 지지해! 남자들끼리 비밀을 많이 만들어. 나와 엄마는 여자들끼리 비밀을 많이 만들고 있으니까. (ㅎ.ㅎ)

오빠!

엄마랑 청남시에 갔을 때야. 그곳에 이름이 널리 알려진 빵집이 있어서 엄마를 졸라서 빵을 먹으러 갔어. 빵이 정말 맛있었는데, 놀라운 건 빵맛보다 그 빵집 역사였어. 그 빵집은 한국전쟁 바로 뒤부터 빵을 만들어서 팔았대. 그때부터 쭉 가난한 이들에게 하루 생산량 중에서 1/3을 나눠준대. 하루 매출도 항상 직원들에게 알려주고, 빵집을 운영할

때 직원들 의견도 늘 경청한다고 해. 다른 도시에 분점을 내달라는 사람들이 많았지만 그 빵집을 찾으러 그 도시로 사람들이 오게 만들어서 도시 경제에 보탬이 되고 싶다는 이유로 분점 개설 요청을 거절했대. 이익이 나면 15%를 직원들에게 나눠주고, 경쟁보다 협동을 잘하는 사람을 우대한대. 지역과 시민, 가난한 이와 종업원들 모두에게 좋은 일을 하는 기업이야. 얼마나 멋진 기업이면 그 도시 사람들이 가장 좋아하는 기업으로 뽑기까지 했을까!

그 회사 경영방침이 뭔 줄 알아?

'모든 이가 좋게 여기는 일을 하도록 하십시오'

오빠!

나는 그 빵집 경영방침을 읽으면서 오빠를 떠올렸어. 오빠가 꿈꾸는 회사가 내 눈앞에 현실이 되어 나타나다니, 얼마나 놀랐는지 몰라. 터놓고 말해서 나는 오빠 꿈이 멋지긴 하지만 이룰 수 없다고 믿었거든. 그런데 그 빵집 이야기를 듣고 알게 됐지. 가능하구나! 오빠가 꾸는 꿈을 수십 년 전부터 실천하며 산 사람도 있구나. 그 꿈을 진짜로 이루고 사는 사람이 있구나! 그럼, 우리 오빠도 그 멋진 꿈을 넉넉히 이룰 수 있겠구나!

그 도시에 다녀온 뒤에 나도 책을 좀 읽었어. 오빠가 꾸는 꿈을 이루는 방법들이 담긴 책들이야. 그 책 안에는 사회적 기업, 로컬푸드, 공정무역, 협동조합, 공공성 강화, 공동체, 친환경, 지속가능한 성장, 독점 규제, 분권형 경제, 자립과 자활……, 이런 말들이 수도 없이 나왔어. 읽는데 머리가 얼마나 지끈거렸는지 알아? 물론 오빠는 이런 말들을 다 알겠지만 나는 처음 봐서 정말 모르겠더라. 앞으로 그런 책들 많이 읽어서 무슨 말인지 꼭 다 알아버리겠다고 다짐하고, 또 다짐했지.

오빠!

내 마음을 설레게 하는 꿈,

나뿐 아니라 사회도 행복하게 하는 꿈,

꿈을 이룬 뒤가 더 기쁜 꿈,

그런 꿈을 꿔야 한다고 오빠는 말했어.

그런 꿈이야 말로 작지만 거룩하고, 거룩하지만 작은 꿈이라고.

그래! 맞아!

나는 지나치게 성급했어.

그냥 쉽게 편안한 길을 가려고 했어. 그게 나를 위한 길도 아니고, 세상을 위한 길도 아닌데 말이야.

나,

9급 공무원,

접을게.

전에도 말했듯이 아무리 따져 봐도, 그냥 가만히 앉아서, 엇비슷한 일만 계속 하고, 국민을 위해 늘 봉사하는 직업은 내게 맞지 않아. 오빠도 알다시피, 나는 늘 새롭기를 바라. 낯선 사람, 낯선 상황을 마주하면 즐거워. 좋아한 지 얼마나 됐다고 아이돌Z를 버리고 새로운 연예인으로 갈아탈 만큼 익숙함에 쉽게 질려. 나는 늘 새롭게 살 거야. 그런 나에게 공무원은 안 맞아. 아직 늘 새로움을 맛보며 살려면 어떻게 해야 하는지는 잘 모르겠어. 그렇지만 나는 늘 새롭게 사는 꿈을 꿀 거야.

그 꿈이 오빠처럼 잘 자라서 무르익을지 어떨지는 아직 모르겠지만, 잘 가꿔 볼래. 아빠처럼 살지 않겠다는 바람을 키워서 오늘날 세상을 바꾸는 기업을 만들겠다는 꿈으로 만든 오빠처럼, 나도 내 꿈을 키워 볼게.

그러고 보니 꿈은 나무 같아.

씨앗이 생기면 잘 가꿔서 싹을 틔우고, 물과 거름과 햇볕으로 잘 가꾸어 키운 뒤에, 아름다운 꽃과 탐스러운 열매를 거두는 나무처럼, 꿈도 그렇게 가꾸어 가야 하나 봐. 내 꿈은 이제 씨앗이야. 늘 새롭게 살겠다는 바람을 담은 씨앗! 잘 키울게. 오빠처럼.

오빠,

내가 귀한 꿈을 꿔도 되는 소중한 사람임을 일깨워 줘서 정말 고마워.

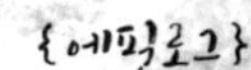

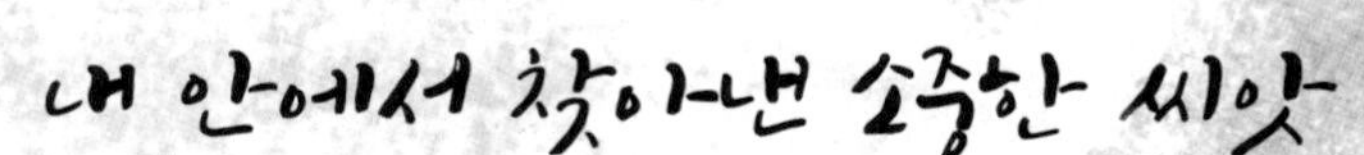

준혁이와 예은이가 주고받은 편지는 여기서 끝난다. 아마 마지막에 예은이가 준혁이 말에 공감하고, 꿈을 새롭게 꾸겠다고 다짐했기에 준혁이가 더 이상 편지를 보내지 않은 모양이다. 그 편지를 읽은 나는 준혁이가 예은이에게 보낸 편지를 마치 나에게 보낸 듯한 편지라고 받아들였기에 괴롭다. 나는 어떻게 하면 좋을까? 준혁이가 말한 길이 마음을 울리긴 하지만 현실을 고려하면 쉽지 않다. 현주 누나 말을 따르자니 준혁이가 한 말이 자꾸 마음에 걸린다.

아등바등 공부해서, 정말 힘겹게 서울에 있는 대학에 갔던 우리 누나는 요즘 9급 공무원 시험 준비에 매달리며 지낸다. 아침 일찍 집을 나가서 한밤중이 되어야 들어오고, 집에 와서도 수험서를 놓지 않는다. 미친듯이 공부를 하는 누나 눈에서 살기가 느껴진다. 엄마도, 아

빠도 건드리지 않는다. 초초함과 절박감이 누나에게서 떠나지 않는다.

우리 반에는 준혁이와 다르지만 결이 엇비슷한 친구가 있다. 우리는 다들 그 친구를 괴짜라고 부른다. 괴짜 친구는 공부는 중간 아래인데 공부를 잘하려고 애쓰지 않는다. 그냥 수업 때 듣고 만다. 시험공부도 별로 하지 않는다. 그렇다고 막무가내로 노는 친구는 아니다. 뭔지 모르지만 이것저것 많이 한다. 한 번은 걱정이 돼서 물어 보았더니 느긋하게 이렇게 말했다.

"나는 나중에 먹고 살기 힘들까 봐 걱정은 안 해. 가난해도 괜찮아. 나는 그저 가난하게 살지 않으려고 어쩔 수 없이 불행한 일을 하며 살게 될까봐 걱정할 뿐이야."

그때는 '참 별난 놈 다 있네' 하고 넘어갔는데 준혁이와 예은이가 주고받은 편지를 읽는 내내 그 괴짜 친구 얼굴이 자꾸 떠올랐다. 오직 행복만을 바라며 뭔지 모를 일들을 경험하고 다니는 괴짜 친구와 9급 공무원 시험 합격을 위해 온 삶을 걸고 공부하는 누나, 나는 어떤 길을 따라야 할까?

"귀한 꿈을 꿔도 되는 소중한 사람! 나도 귀한 꿈을 꿔도 되는 소중한 사람!"

나는 예은이가 쓴 마지막 문장을 되풀이해서 읽었다. 속이 쓰리다.

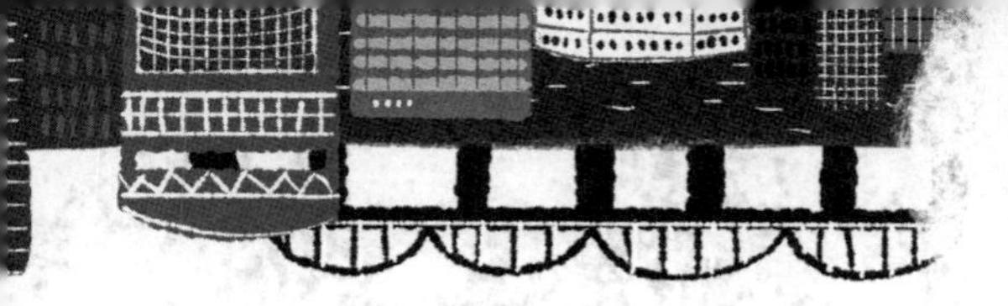

읽을수록 속이 아프고 저리다.

이제 곧 나도 고등학교 2학년이다. 나는 꿈이란 낱말을 사치라고 여기며 살았다. 내 머리에는 그냥 먹고 사는 문제만 남았을 뿐, 꿈이라 이름 붙일 목표 따위는 없다. 준혁이 말처럼 나는 스스로가 소중한 존재임을 잃어버리고 지냈는지도 모른다.

꿈을 잃어버린 삶, 내가 소중한 사람임을 잃어버린 삶, 참으로 애달프고 서럽다. 내가 참으로 바라는 삶은 어떤 빛깔일까? 그 빛깔을, 나는 모른다. 나에겐 꿈이라는 씨앗조차 없다. 아니 있었겠지만, 이젠 사라지고 없다. 그저 살아남으려는 몸부림뿐이다. 그 어떤 물음에도 답을 찾을 수가 없다.

맞다. 나는 정답 없는 답지를 고른 적이 없다. 그냥 다 정답이 있었다. 삶에는 정답이 없는데, 정답만 고를 줄 아는 나는 앞으로 어떻게 살아야 할까? 그냥 모른 척하고 싶다. 안 읽은 척 하고 싶다. 준혁이 편지는 지나치게 이상에 가깝다. 아니 준혁이나 예은이 같은 애들에겐 현실이지만, 이미 고2인데다가 꿈을 잃어버리고 산지 오래인 내겐 환상이지 않을까?

꿈조차 꾸지 못하게 만든 세상, 괴롭고 서럽다. 걱정과 두려움 때문에 택했던 9급 공무원이란 목표, 어떻게 해야 할까? 나와 똑같은 목표를 두고 살았던 예은이는 오빠 편지를 받고 스스로에게 맞는 길을

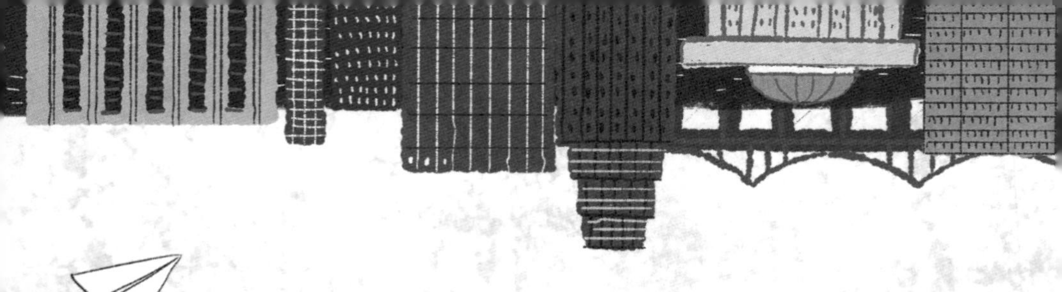

찾아 가기로 마음먹었다. 나도 예은이처럼 해야 하는 걸까? 그러고 싶지만 두렵다. 그 길이 깜깜하기에 무섭기까지 하다. 그렇다고 편지를 읽지 않았을 때처럼 아무것도 모른 척하며 9급 공무원 시험공부를 계속 하기도 힘들다.

마음을 추스르려고 억지로라도 공무원 시험 문제집을 펼쳤지만 한 문제도 풀지 못했다. 문제집을 덮었다. 머리를 식히고 싶어서 밖으로 나갔다. 가로등 불빛을 따라 무심코 걷다가 아파트 둘레를 빙 둘러서 가는 길로 들어섰다. 찬바람이 불어서 옷깃을 여미며 걷는데 두 사람이 사다리를 들고 나타났다. 그 자리에 멈춰서 두 사람이 뭘 하는지 살폈다. 두 사람은 사다리를 가로등 아래 세우고는 사다리를 타고 올라가 가로등 전구를 갈았다. 그러고 보니 다른 가로등도 다 불이 나가서 길이 어둑어둑했다. 어둠이 짙게 깔린 길은 조금 무섭기까지 했다. 두 사람은 불 꺼진 가로등을 아주 빠르게 고친 뒤에 사라졌다. 불 꺼진 가로등을 고치려고 늦은 밤에도 일을 하는 두 사람을 참 고맙게 여기며 가로등 아래를 느릿느릿 걸었다. 그때 부부로 보이는 젊은 사람이 팔짱을 끼고 걸어왔다.

"어머, 자기야! 가로등 불을 벌써 갈았네!"

"그러게. 시청 SNS에 1시간 전에 올렸잖아."

“응, 정말 빠르네. 시청 직원들이 제대로 일을 하나 봐.”

“요즘 공무원들은 옛날 같지 않아.”

“시청 SNS에 고맙다고 글 올리자.”

“그래야겠네.”

젊은 부부는 스마트폰 카메라로 가로등 사진을 찍었다. 젊은 부부가 아파트 단지 안으로 사라지고 난 뒤, 나는 가만히 서서 가로등을 보았다. 어둠을 밝히는 가로등 불빛이 유난히 밝았다.

‘한밤중에 시민들이 가로등이 꺼져서 불편하다고 하니까, 곧바로 나와서 고쳐주는 공무원! 공무원은 바로 이런 일을 하는 사람이야. 시민들을 위해 꼭 있어야 하는 사람! 시민들이 겪는 작은 불편도 어루만져 주는 사람! 공무원~!’

바로 그때 짙은 어둠에 한줄기 빛이 스르륵 피어났다. 내 입가에는 작은 웃음도 걸렸다. 웃음과 빛이 어우러질 때 내 안에서 작은 씨앗이 생겨났다. 그 씨앗은 어쩌면 아주 오래 전부터 내 안에 있다가 빛과 웃음을 열쇠로 하여 내 눈에 띄었는지 모르겠다. 옛날에 생겼으면 어떻고, 이제 막 생겼으면 어떠랴! 일단 내게 씨앗이 생겨났고, 내가 그 씨앗을 알아차렸으며, 그 씨앗을 키워나가기로 마음먹었다는 점이 내겐 뜻 깊다.

드디어 내게도 소중한 씨앗이 생겨났다. 그 씨앗을 가만히, 소중히

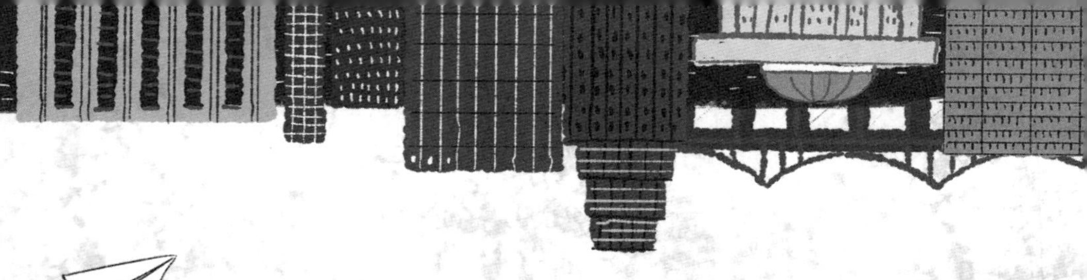

꺼내본다. 그 씨앗이 어찌 자랄지 모르지만, 내가 어떤 선택을 하더라도 굵고 튼튼한 나무로 자라리란 믿음은 굳세다. 나는 가로등 길을 뒤로 하고 힘차게 걸어서 집으로 돌아왔다.